U0470013

世界文学名著青少版·经典名著 98

我的大学

〔苏〕高尔基 著
王梅 改写

上海文艺出版社

图书在版编目(CIP)数据

我的大学/(苏)高尔基著;王梅改写.—上海:
上海文艺出版社,2013
(世界文学名著青少版·经典名著)
ISBN 978-7-5321-4781-6

Ⅰ.①我… Ⅱ.①高… ②王… Ⅲ.①长篇小说-苏联-缩写 Ⅳ.①I512.45

中国版本图书馆CIP数据核字(2013)第031920号

丛书策划:黄育海 陈 征
项目统筹:姜逸青 韩伟国
徐如麒 尚 飞
责任编辑:夏 宁
选题策划:徐曙蕾
装帧设计:董红红 高静芳

我的大学
〔苏〕高尔基 著
王 梅 改写
上海文艺出版社出版、发行
地址:上海绍兴路74号
电子信箱:cslcm@public1.sta.net.cn
网址:www.slcm.com
新华书店经销 山东临沂新华印刷物流集团印刷
开本890×1240 1/32 印张6.5 字数100,000
2013年4月第1版 2013年4月第1次印刷
ISBN 978-7-5321-4781-6/I·3735 定价:20.00元

| 总序 |

让经典阅读进入语文教育和家庭教育

◎钱理群

北京大学教授

什么叫语文教育？就是爱读书、爱写作、爱思考的老师们带领着一批爱读书、爱写作、爱思考的学生一起读书、写作、思考，并在这一过程中享受快乐，来感受到人生生命的意义和价值。我觉得这就是语文教育，就是读、写和思考——所以，“阅读”在教育中具有特殊的重要性。

通过读书，青少年从原来一个本能的人变成一个文化人，由一个自在的人变为一个自为的人，人的成长就是通过读书来成长的。作为学校教育的阅读，不同于社会教育阅读，有一个很重要的特点——“经典阅读”。我经常讲一句话，我们要把整个民族和人类最美好的精神食品给我们孩子，这个精神食品就指经典。因为经典是人类文明的结晶，让孩子从小接触经典，也就是让他站在巨人肩膀上，站在人类精神高地上，对他一辈子发展至关重要。

现在的阅读，特别是经典阅读，某种程度上是陷入困境的。经典阅读其实遇到两方面挑战，一方面是应试教育挑战，另一方面是网络的挑战。网络阅读当然有它的意义和价值，我们不否认。但是网络阅读有两个弱点：第一个弱点，它的阅读是“非个性”的，是一个群体的阅读，是炒作的阅读；另外一个弱点是不能进行深度阅读。而“个性化阅读”和“深度阅读”是经典的特点。所以我们强调阅读经典，既是教育本质所决定，也是当下中国教育所存在的问题决定我们必须要经典阅读。

经典阅读分两类，首先是阅读原典。但是青少年阅读原典有一定困难，而且还有时间问题，因此经典的改写就有非常大的意义——它是一个桥梁，是一个引路人，当然这个“引路人”必须是高手。

这些年我提倡经典，跟许多老师讨论过现在孩子阅读经典适合的时间段：小学五年级、六年级，初中一年级、二年级，孩子有四年时间。因为三四年级太小了，到初三要应试了。这是一段珍贵的时间。而且根据我的接触，在这四个年级里面的老师有很高的积极性，他们毕竟离应试教育有一点点距离，因此有这么一种可能性来推动学生阅读。所以我希望家长、教师都能抓住这段时间，挑选名家改写的经典读本，让孩子能够亲近名著，让经典阅读进入语文教育和家庭教育。

经典名著

我的大学

目录

艰难的决定

我终于下定了决心，一定要去上大学。根据尼古拉的建议，我准备去喀山大学读书。

尼古拉在我们这里上中学，是我们家的房客，就住在我们那栋房子的阁楼上。他长得很英俊，有一双温柔的眼睛，大家都非常喜欢他。他常常见到我在读书，就对我留了意，我们熟悉了之后，他不断地鼓励我继续上学深造，还说我“具备从事科学研究的天赋”。

“您知道吗？大学里需要的就是您这种人。”他一边帅气地甩甩长发，一边对我说，“您到了喀山以后，可以住在我家里，花上一个秋天和冬天的时间完成中学的学业，然后，随随便便去参加考试，就能申请助学金上大学，再过五年，你就是个文化人了。”

尼古拉把上大学这件事情说得很轻松，这也怪不了他，毕竟

他还是个十九岁的孩子，而且人又是如此的善良天真。而我也天真地以为，上大学就是如此简单。

学校考试结束之后，尼古拉就回家乡喀山去了。过了两个星期，我也收拾好了行李，准备跟着去喀山。

临走之前，外祖母一边抹着眼泪，一边再三告诫我："你以后别动不动就对人家发脾气了。老是发脾气，人会变得冷酷无情的。你外祖父就是这样，你也看见他的结局了。可怜的老头儿，活了一大把年纪，到老却成了个傻子。你一定要记住：上帝不惩罚人，只有魔鬼才干这种事。你走吧。哎……恐怕我们再也见不着了。你这个疯了心的孩子，非要跑到天涯海角去，我大概也活不了多久了……"

这几年来，我常常离开慈爱的外祖母，几乎不怎么和她见面，想到这个世界上最爱我的人真的会永远离开我时，我真是悲伤极了。

离开家的时候，我一直站在船尾，朝着码头上的外祖母挥手。外祖母一只手画着十字，另一只手用破旧的披肩擦着她的眼睛，哎……她的眼睛，那双永远对世人充满慈爱的眼睛。

我终于来到了喀山。

尼古拉的家在一条冷清的街上最里面的一幢旧平房里。房

子对面有一大片地，好像被火烧过，现在又重新长满了茂密的野草，里面有一大堆倒塌的建筑废墟，废墟下面是一个大地洞，现在这里已经成了流浪狗的安身处。这个地方令我永生难忘，它是我的第一所大学。

尼古拉的家境并不好。他的父亲早已去世，母亲拉扯着尼古拉兄弟两人，一家人只靠少得可怜的抚恤金维持着生活，日子一直就过得紧巴巴的。我刚到他们家的那几天，常常见到尼古拉的母亲苍白着脸从市场上回来。她把食物放到厨房里，就眉头紧锁地坐着，一动也不动。我想她一定是在发愁：这么小的一块肉，就算自己一口也不吃，也没法满足三个大男孩的好胃口呀！

她虽然沉默寡言，但那双灰色的眼睛却满藏着温顺和倔强。就像一匹精疲力竭的老马，明明知道无法再驾驭生活这辆大车了，却仍然拼命地往前拉。

来到她家的第四天早上，尼古拉和他弟弟还在睡觉，我早早起来，去厨房帮忙。她轻轻地问我："您来这儿干什么？"

"念书上大学。"

她惊讶地一挑眉毛，结果不小心切破了手。她赶紧一边吮着手指，一边拿来一块干净的手帕包好伤口，然后坐下来看我干活。看了一会儿，她称赞道："您削土豆倒挺有水平的。"

这算得了什么！雕虫小技而已！我得意地告诉她自己还在

轮船上帮过厨呢。她接着问我:“那么,您凭这点儿本事就能上大学吗?”

我一点也没听出来这句话里的嘲讽与挖苦,还很认真地向她介绍了我的计划,最后说,这样一来,上大学就不成问题了。

她无可奈何地叹了口气,嘴里嘟囔着:“哎,尼古拉,这个尼古拉……”

刚巧,尼古拉跑进厨房来洗漱,他睡得晕晕乎乎的,一头乱糟糟的头发,看上去和平常一样兴高采烈。

“我说妈妈,要是吃顿肉馅饺子该有多好哇。”

“那好吧。”她随口答应着。

这正是我大显身手的好机会呀。我赶紧接过话来说,要包饺子的话,这点瘦肉太少了。

这下可坏了事了!尼古拉的母亲生气了,她对着我发了一大通脾气,又把手中的胡萝卜扔到桌子上,转身离去了。

“生气啦……”尼古拉看着母亲的背影,然后对着尴尬的我挤了挤眼,坐到椅子上接着说,“女人就是比男人爱生气,这是天生的。关于这个结论,很多大学者都已经探讨过了。”

尼古拉特别喜欢教导我,一找到机会,他就会滔滔不绝一番。而我呢,每次也都如饥似渴地听他说教。不过听来听去,有时候我还是什么都不明白。尼古拉一门心思想要教育我,但他

和许多城里的青年一样，有点爱慕虚荣，有点自私，有时候甚至对他母亲的含辛茹苦都视而不见。他弟弟又是一个抑郁呆板的中学生，根本就无法体会母亲的艰辛。

倒是我这个客人，很早就发现了这位可怜母亲的厨房哲学，她的厨艺着实令人叹服，她是数着米粒做饭的，每天只用一点点东西，就可以变戏法似的做出丰富的菜肴，养活自己的两个孩子，再加上我这个不懂礼貌的小流浪儿。每次分给我的面包，在我心中都如巨石般沉重。我决定不再给她添麻烦，自己出去找点活儿干，我要自己养活自己。

每天早早起来后，我就离开尼古拉的家，出门找活去了。要是碰上刮风下雨，我就到门前那个大地洞里避一避。听着洞外的倾盆大雨和狂风怒吼，闻着动物尸体的腐烂味儿，我突然明白过来：上大学只是我的美梦而已，如果我当初去的是波斯，一定要比这儿强。我待在地洞里，任凭自己胡乱想象，我幻想自己变成了一个白胡子老法师，拥有无边的魔力，可以让一粒谷子长成苹果那么大，一个土豆长到三十多斤重……这样，所有人都不会饿肚子了。

我当时很喜欢类似的幻想，要是没有了幻想，真不知道这种生活该怎么熬下去。苦难的日子多么漫长，幻想已经成了我生活的一部分。在这段日子里，我变得更加坚强了，我并不奢望他人的拯救，也不渴望会有好运降临。生活环境越艰苦，越能磨炼人的意志，增加人的智慧，我很小的时候就明白这个道理了。

为了填饱肚子，我常常跑到伏尔加河码头上去干活。码头上的搬运活儿还挺多，这样，我也成了一名小搬运工了。我感到自己就像一块生铁投进了燃烧的火炉里，每一天都在我身上打下深深的烙印。

码头搬运工们虽然粗野鲁莽，但为人坦率热情，很快的，我就和他们打成了一片，说心里话，我非常喜欢他们这种敢爱敢恨、天不怕地不怕的潇洒劲儿。

这群人中有个叫贝什金的小偷，他年轻的时候读过师范院校，受过良好的教育，不过现在已经是个饱经风霜肺病缠身的人了，他好心好意地劝我："你干吗像女孩子那样害羞？是怕别人骂你不老实吗？老实对女孩子来说的确是好事，但对你来说就是个枷锁了。公牛老实，所以它只配吃干草。"

贝什金貌不惊人，一头棕发，脸刮得干干净净的，身材虽然短小，但很轻盈灵活。他对我很好，总是以老师和保护人的身份自居，看得出来他是很诚心地为我指点迷津。他书读得很多，人又聪明，最爱读的书是《基督山伯爵》。

他有一个爱好，那就是"女人"。一讲到女人，他就眉飞色

舞，情绪激昂，残疾的身体里发出一种令人恶心的痉挛。即便如此，我依然全神贯注地听他说着，他的语言实在太美了。

“呵，女人。”他激情满怀地说，脸上都泛起了红晕，两只黑眼睛闪动着光芒，“只要是为女人，我什么事都干。女人就像魔鬼的亲戚，她们根本就不知道什么是罪孽……跟女人恋爱是世界上最美妙的事。”

贝什金擅长编故事，不费吹灰之力就能编出凄美哀怨的小曲。这些小曲在我们这儿广为传唱。

下面这首非常流行的小曲就是他的杰作：

你生在贫寒家
脸蛋儿不漂亮
身上没有一件好衣裳
就是为了这个，姑娘呀
没人和你把亲成……

我还认识一个行踪相当诡秘的人，他叫特鲁索夫，对我很好。他挺注重仪表的，打扮得很阔绰，有一双音乐家般纤细修长的手。他在海军村开了一家钟表店，实际上是借着这个店买卖偷来的赃货。他严肃地对我说：“你可不能学做扒手。”然后摸了一下他的花白胡须，眯起那双狡黠的眼睛，“让我说，你可以另谋出路，你是个品行高尚的人。”

“什么是品行高尚？”

“嗯，怎么说呢，就是只有好奇心，没有嫉妒心……”

被他这样夸赞，实在让我很羞愧。我并不是没有嫉妒心的，其实，我对很多人和事都有过嫉妒心。比如说吧：我非常嫉妒贝什金讲故事的技巧和优美的语言。我一直记得他是这样开始讲述一个爱情故事的：

“在漆黑的夜色中，我像一只躲在树洞里的猫头鹰一样，呆坐在斯维亚什斯克这个荒僻小城的酒店里。此时正值九月，外面阴雨连绵，秋风怒号，像是受了委屈的鞑靼人拉长了声哀号似的呜呜个没完……这时，她来了，那么轻盈、亮丽，如同初升的朝霞。她的眼神里充满了做作的天真纯洁，她用极其真切的语气说：‘我亲爱的，我没有辜负你吧。’虽然我知道她在撒谎，但我还是不可救药地相信她。理智使我清醒，爱情让我迷惑。”

他讲故事时，身体有节奏地抖动着，眯着眼睛，有时会轻拍一下自己的胸膛，一副很投入的样子。他的声音并不美妙，还略带沙哑，但语言却十分动人，真像夜莺在歌唱。

我还嫉妒过特鲁索夫，他最擅长讲西伯利亚、西哈拉等地的故事，每次他讲的故事，都让人有身临其境的感受。

每当炎热的夜晚，大家就来到河边的小树林里，一边吃吃喝喝，一边聊天。聊得最多的就是生活的艰辛，还有些奇闻怪事，最热门的话题自然是女人。很奇怪，每当他们谈论女人时，总是充满了怨恨和忧伤，就像闯入一个满是蛇蝎的黑暗角落。

我和他们来过两三次小树林，我们躺在洼地上休息，这儿靠近伏尔加河，空气很潮湿，船灯看上去像是萤火虫在夜色中移动，还有一些店铺和住宅窗口透出的灯光映照在漆黑的河岸上。这时，河上轮船拍水的轰隆声、水手们哀怨的歌声都混成了一片，给岸上的人们平添了一份哀伤。

最忧伤的还是听他们诉说如何应对艰辛的生活。他们自顾自地说着，谁也顾不上去听别人的，他们有的坐着，有的躺着，抽着烟，喝着伏特加或啤酒，酒又勾起了他们许多难忘的往事……

按照我现在的人生经历来看，我也会和贝什金他们一样，步他们的后尘。特别是我上大学的理想遇到挫折之后，我与他们更加亲近了。有时我被饥饿折磨着，也曾动过小偷小摸的念头，但我明白，我内心的崇高理想不允许我做出这样的事情，这与我读的书有关。

我看了不少好书，书中所描绘的那种模模糊糊、但十分美好的前景告诉我，我应该追求比眼前更有价值的东西。

新朋友古利

这段日子里，除了伏尔加河上的同伴之外，我还认识了一些新朋友。他们经常在尼古拉家门前的那块空地上聚会，其中一个叫古利·普列特涅夫的青年深深吸引了我。

古利长得很普通，皮肤略黑，黑头发，有点像日本人，一脸的雀斑。他性格开朗，特别机智，说起话来幽默俏皮。和许多有天赋的俄罗斯人一样，古利天生就有很好的音乐才华，会弹竖琴、三弦琴，还会拉手风琴，可惜他并不想走上音乐之路。他非常穷，衣服上挂满了补丁，皮靴上也有漏洞，不过这倒反衬出他的豪放不羁来。

古利像刚刚看到这个新鲜世界一样，对所有的东西都充满了无限的好奇心，对他来说世界总是那么新鲜、有趣，他就像一只快乐的小鸟那样跳来跳去。

我们熟悉了之后，古利知道我生活艰难，就让我搬去与他同住，还建议我报考小学老师。就这样，我搬到了一幢破烂不堪的大房子里。这是个既古怪又有趣的贫民窟，住在里面的全是饥饿的大学生、妓女和无依无靠的穷鬼。

古利住的地方就在走廊中通向阁楼的楼梯下面，那儿放着一张木板床，走廊尽头的窗户旁有一张桌子和一把椅子，这就是他的全部家当了。走廊通着三个房间，其中两间住着妓女，剩下那一间住着一位得了肺病的数学家。数学家以前是神学院的学生，长得又瘦又高，红头发红胡须，衣服破烂不堪，露出青紫色的皮肤和一根根的肋骨，总之，他的样子十分吓人。

数学家好像有咬指甲的坏习惯，手指头都被他咬破了。我看到他总是在没日没夜地算呀写呀，不时传出吭吭吭的咳嗽声。妓女们又怕他又可怜他，她们经常在他的房门前放上一点面包、黄油、砂糖，他见到了，就像见到救星一样赶紧把食物搬回房里。要是妓女们没给他送吃的，就会听到他扯着沙哑的声音在走廊里喊着："面包——"

数学家虽然靠着别人的施舍度日，但他依旧很高傲。有时候会有一个驼背来找他，这个人模样很古怪，拐着一条腿，肥大的鼻子上架着一副深度近视眼镜，花白头发，看上去很冷漠，就连笑容也带着几分狡诈。他每次来找数学家，两个人就会关上

门，待上几个小时，一点声音也没有。但有一天深夜，我被数学家的吼叫声惊醒了，只听他大声喊道："听我说，这分明是监狱，是羊圈，嗯，是老鼠洞，是监狱。"

接着传来驼背尖利的笑声，他好像在不断重复着一句相当难懂的话，数学家怒不可遏地吼道："王八蛋，给我滚！"

驼背气鼓鼓地走出房门，嘴里还在喋喋不休，他在门口停了下来，手指抓着蓬乱的头发，声音沙哑地嚷道："欧几里得是个傻瓜！地地道道的大傻瓜……我敢断定，希腊人绝比不上上帝的智慧！"

随后，他用力关上房门，咣啲一声巨响，屋里的什么东西似乎被震落在地。

没过多久，我听说数学家是想用数据来证明上帝的存在，可惜壮志未酬就去世了。

古利在一家印刷厂做报纸的夜班校对，工资为十一戈比。我因为要参加乡村教师考试，没多少时间出去干活挣钱，所以我们两个一天的食物就是四斤面包、两戈比的茶和三戈比的糖。

我不得不硬着头皮学习各门功课，可是没过多久我就明白了，现在去参加考试还操之过急，因为我年纪太小了，就算通过了考试，我也得不到教师的职位。

我和古利睡一张床，他白天睡，我晚上睡。每天早上他干完一整夜的工作，乌黑着脸回来时，我就跑到小饭馆去打来开水，然后我们开始吃早餐——啃面包喝茶。他从报纸中挑出新闻念给我听，还经常读一些酒鬼作家写的打油诗。

我一直很奇怪古利游戏人生的生活态度，在我看来，他的人生观就和那个肥婆佳尔金娜没什么两样。

这个肥婆就是房东，除了这个身份之外，她还倒卖女人旧衣服，给女人拉皮条。古利最初租下这个小屋角的时候没钱付房租，他就给肥婆说笑话，拉手风琴唱歌，每当唱到情深处，他的眼里就会闪着冷冷的光。肥婆佳尔金娜早年做过歌剧班的合唱歌手，她能领会歌声中的含义，有时她竟被感动得热泪盈眶，泪水从她不知羞耻的眼睛里流出来，冲洗着醉得发肿的脸。她先用胖乎乎的手指抹掉泪水，再用一条长长的手帕慢慢悠悠地擦手指。

“天啊！好样的古利，您是个真正的艺术家。”她惊叹着，“要是您再长得漂亮点——我会让你走运的。我已经介绍过许多小伙子为独守空房的女人们排遣寂寞了。”

我们头顶上的阁楼里就住着这样一个小伙子，他是个大学生，皮匠的儿子，中等身材，胸宽背阔，身材像个倒三角形。不过他的脚很小，脑袋也很小，夹在肩膀里，一头红发下那张苍白的

脸更显得毫无生气，上面镶着两只鼓出来的绿眼珠。

这个大学生原本很有点反叛精神，他当初就是因为违背父命进了普通中学，落得饥寒交迫的境地，后来好不容易考上大学，发觉自己有一副浑润的好嗓子，于是又走上了唱歌的道路。

也正是这个原因，佳尔金娜才找到他，把他介绍给一个富商太太。那位富商太太已经四十几岁了，儿子上大学三年级，女儿中学快毕业了。富商太太身材瘦削，没有一点女人味，身子总是挺得直直的，像个士兵，两只灰色的大眼睛深陷在黑眼窝里，脸上没有一点表情，像个老修女。她经常穿着一件青色外衣，头戴旧式丝巾，戴着两只绿宝石的耳环。

富商太太常常在夜里或清早来找她的大学生，我见过她好几次，她十分敏捷地纵身跳进大门，然后飞快地冲上阁楼。她的脸色十分可怕，嘴唇使劲地往里抿，眼珠倒是全瞪了出来，慌慌张张地向前张望，看上去真像个残废人，虽然她确实四肢健全，但她的样子总是让人看了很难受。

“瞧！”古利叫道，“简直是个疯女人。”

其实大学生也十分讨厌她，所以总躲着不见她，但富商太太就像个不留情面的债主，或者更形象地说，像一个歹毒的密探，时时刻刻跟着他。

“我真无耻。”有一天大学生喝醉了，他醉醺醺地对我们说，

“我这是怎么了？突然想起来要学唱歌？就凭我这德行，谁会让我登台呢，这绝不可能。”他后悔了。

“你得赶快和那个女人一刀两断。”古利劝他。

“你说得是，我又恨她又可怜她。我真受不了她。哎！要是你们知道她是怎样……哎……”

其实我们早就知道了，曾经有个晚上，我们听到富商太太在乞求大学生：“求求你了。看在上帝的份上……我的心肝宝贝儿。求你了——就看在上帝的份上吧。”

富商太太拥有万贯家资，却像个乞丐似的向一个穷大学生乞讨爱情，据说她是某个大厂的股东，有许多房产，也做慈善——还曾为科学院捐了一笔巨款。

古利吃完早饭上床睡觉，我就到外面去找点活干。天一黑我就回来，古利去印刷厂干活。要是运气好，我能挣回点吃的：面包、香肠或牛杂碎，我们两个就一人一半。

一个人的时候，我会在贫民窟的走廊里转来转去，我很想知道我的邻居们的生活是怎么样的。这儿的人们就像住在蚂蚁窝里一样，里面什么人都有。空气中充斥着冲鼻的酸腐气，从早到晚没有过片刻安宁：女裁缝的缝纫机在嗒嗒个不停，歌女们的吊嗓声、大学生的男低音此起彼伏，一会儿是疯疯癫癫的男戏子的

大声朗读，一会儿又是喝醉的妓女们大呼小叫的狂喊……有时候，我不禁感到很疑惑："人们这样活着究竟是为了什么？"

混在这群饥饿的年轻人里的，还有个奇怪的秃顶男人。他头顶上的头发全掉光了，只在四周还留着一圈红头发；颧骨很高，大肚子，细腿，厚嘴唇里包着一口大马牙，大家给他起了个绰号叫"红毛马"。据他自己说，他已经和他的商人亲戚打了三年官司，他逢人就说："我拼着命也要把他们折腾得倾家荡产。让他们过上三年讨饭生活，然后，我就把赢得的家产还给他们，对他们说：'狗奴才们，知道我的厉害了吧。感觉如何？'"

"红毛马，你这辈子就只想着做这个吗？"有人这样问他。

"对。我这辈子一心只想着这件事，其他什么也不想了。"

"红毛马"每天都很忙，白天奔波在地方法院、高级法院和律师事务所之间，到了晚上，他经常带着许多吃的喝的，坐着马车回来，然后把想吃顿饱饭、喝两口甜酒的邻居们请到他那间破败的屋子里，举行晚宴。"红毛马"只喝甜酒，这种酒溅到衣服上，就会留下紫色的污渍，再也洗不掉了。要是喝多了，他就会大喊大叫："你们这群可爱的小鸽子，我喜欢你们，你们都是好人。可我却是一个恶棍，是吃人的鳄鱼，我要吃掉他们——我的亲戚。无论如何我要吃掉……"

他一边叫喊着，一边流下泪来，像是受了委屈似的，泪水从他难看的高颧骨上滑落下来，他用手抹掉泪就往膝盖上蹭，这是他的习惯动作，所以他那肥大的裤腿上永远沾满了污渍。

“你们过的是什么样的生活呀？”他大声说，“吃不饱穿不暖——人应该这样活着吗？这种生活，人能学到什么？哎，如果沙皇知道你们这样活着……”然后他从衣兜里抓出一把五颜六色的钞票，冲大家嚷：“喂，兄弟们，需要钱的拿去吧。”

歌女和女裁缝们蜂拥而上，想从他的手中抢到钱，他却大声笑道：“这钱是给大学生的，不是给你们的。”

可是没有大学生来拿钱。

“把你的钱扔到厕所去吧。”有人怒声叫着。

记得有一天，“红毛马”喝醉了，捏着一把十卢布钞票来到古利这儿，把钱往桌上一扔，说：“这钱我不要了，你要吗？”然后掉头躺在我们的床上哭了起来。我们赶紧用冷水给他醒酒：向头上浇水，往嘴里灌水。等他睡着了，古利才想起来要把他的钱展开，可是这钱捏得太皱了，得先用水润湿了，才能一张张揭开。

这个大贫民窟的窗口正对着隔壁房子的山墙，屋子里乌烟瘴气、肮脏不堪，人们挤在一起大声吵闹，让人心烦。“红毛马”是人群中叫得最欢的一个。

“你干吗不住大旅馆，非得挤在这里住呢？”有人忍不住问道。

“红毛马”大声回答：“我的好兄弟，就图个心里痛快呀。和你们在一起，我才能体会到人间的温情……”

立刻有人赞同地说：“他说得没错。我也有同感。如果我住在别的地方，恐怕早就废了。”

有时候，“红毛马”会向古利请求道：“弹起你的琴，唱首歌吧……”

于是，古利坐下弹起了竖琴，他边弹边唱：

鲜红的太阳，
你快升起来吧。
快快升起……

悠远的歌声感动了所有的人，大家都安静下来，沉浸在这哀怨的歌声和如泣如诉的琴声中了。

“太好了，小家伙。”那个和富商太太纠缠不清的大学生赞叹着。

在这群怪人扎堆的地方，古利是最会营造快乐气氛的人，他就像神话中的快乐之神一样，在这群痛苦的人身上播撒着快乐。他多才多艺，生气勃勃，充满了青春的热情，不仅会说最幽默的笑话，会唱最动听的歌，还敢于抨击社会上的遗风陋俗，揭露社会的不公平现象，在这个贫民窟里，他像一团熊熊燃烧的火焰，使人们黯淡的生活出现了一线光明。

古利只有二十岁，看上去还是个孩子，可是在这个大家庭中，人们热爱他，拥戴他，信任他，遇到困难也会向他求助。好人喜欢他，坏人害怕他，就连那个叫做尼基弗里奇的老警察见到他，都会挤出张笑脸来。

第一次地下活动

我们住的这个贫民窟地理位置很重要，它在两条街的交汇处，是通往山上的交通要道。尼基弗里奇的派出所就在大街的拐弯处，和贫民窟相去不远。

尼基弗里奇是个又瘦又高的老头，胸前挂满了奖章，已经在这条街上干了很多年了，看上去还算聪明，笑起来倒也亲切，但还是掩饰不住眼睛里的狡猾。

他对我们这个人员复杂的贫民窟相当重视，每天都会到这里来巡视几次，就像动物园里的饲养员查看铁笼里的野兽似的，看完一个窗口，再看一个窗口。他的战果相当可观，今年冬天他抓了独臂军官斯密尔诺夫和一个士兵，这两个人都得过乔治勋章，都参加过远征军。听说他们是想建立一个“地下”印刷厂，偷了城里一家印刷厂的铅字而被捕的。

这件事情过去没多久，贫民窟里又被抓走了一个。这个人就是整天皱着眉头、被我称作“活钟楼”的人。第二天早上，古利得知这件事后，愤怒地揪着自己的头发，对我说：“老弟，别再耽搁了！你快点去……”他告诉我到哪儿去，又叮嘱我：“一定要小心！那儿或许有密探……”

这个秘密行动令我兴奋不已，我像一只小燕子似的飞到了海军村。当我走进一家昏暗的铜匠铺时，看见一个卷发蓝眼的年轻人正在镀一口带耳平底锅，不过他看上去一点也不像个工人。屋角坐着一个小老头，满头的白发用一根小皮带束着，正忙着手里的活。

我问他：“你们这儿有活干吗？”

小老头怒气冲冲地回答：“我们自己有人干，可没你的活。”

那个年轻人看了我一眼，又低头镀他的锅。我用脚碰了一下他的脚，他又惊又怒地盯着我，手中握着平底锅，好像要冲我砸过来似的。后来见我一个劲地朝他使眼色，才平静地说：“你还是走吧。”

我又向他递了一个眼色，这才走出店铺，站在大街上。过了一会儿，年轻人也跟了出来，不声不响地看着我，点了一支烟。我问他：“你是吉虹吗？”

“是的。”

“彼得被捕了。”

他被激怒了，上上下下地打量我。

“你说的是哪个彼得？”

“高个子，像教堂里的助祭……”

“嗯？”

“没了。”

“什么彼得，助祭，和我有什么关系？”他越这样说，我就越认定他的确不是铜匠铺里的工人。

我跑回贫民窟，心里真是高兴极了，我的第一次“地下”活动圆满完成了。

我知道，古利和一些进步人士接触很多，我曾请他把我介绍到他们中去，可他总是以我还太小给回绝了。

有一回，尼古拉介绍我与一个做秘密工作的人会面。

这次会面安排得十分周密，气氛异常沉重、紧张。尼古拉带我来到城外，一路上提醒我要小心谨慎，还要求我为这次会面保密。然后，他指着从远处慢悠悠走来的一个灰蒙蒙的小人影，低声对我说：“就是他！你跟着他走！等他停下来，你就走上前跟他说：‘我是新来的……’”

秘密行动意味着新鲜、刺激，应该是十分有趣的，可是这次

却很可笑：我跟着前面的那个人影，顶着火辣辣的太阳，在草地上深一脚浅一脚地走了大半天，一直跟到坟场才追上他，闹了半天，发现他也是个年轻人，瘦削的脸，两只小眼睛十分警觉。他穿着学生的装束，神情看起来也像个孩子，可他偏要装成大人样。

我们找了一块有树荫的地方坐下来，他的话非常枯燥乏味，而且态度十分冷漠，我一点也不喜欢他。他十分严肃地问我读过哪些书，还希望我参加他创建的小组，我答应了，就这样我们的会面结束了。分别的时候，他紧张地先往前走了几步，左看看右看看，对着空无一人的野地进行了一番严密观察。

据他说，这个小组还有三四个成员，我是其中最小的一个。小组活动一般都会在师范学院的大学生罗夫斯基的家中进行，主要学习约翰·穆勒的著作和车尔尼雪夫斯基做的注释，这对我来说是一个陌生的领域。这个大学生后来发表了一些短篇小说，写了五篇后，他就自杀了——这种事已经不新鲜了，我常常碰见。

他很内向，沉默寡言，讲话很注意分寸。他住在一个地下室里，为了“脑体结合”，每天都做点木工活儿。和他在一起一点儿意思都没有，我对穆勒的经济学理论也没兴趣，因为没过多久我就发现他的理论并不难懂，单凭我个人的生活经历就可以领会了，根本没必要费心费力地编成一大本书。在这充满怪味的地下室里，我们听着老师的讲解，一坐就是两三个小时，眼睛看着小虫子在污浊的墙上爬来爬去，真是太难为我了。

有一次，老师迟到了。我们还以为他不来了呢，就跑出去买了瓶酒，回到地下室刚想要喝几口，却发现他的身影从地下室的窗口处一闪，吓得我们赶紧把酒藏了起来。这时老师走了进来，给我们讲车尔尼雪夫斯基的伟大论断。我们坐在那儿一动也不敢动，生怕谁一伸腿把酒瓶碰倒了。哎，偏偏让老师踢了个正着，我们吓坏了，个个满面通红，以为老师会大发脾气，结果却是风平浪静。当时，他那种沉默不语、眯成一条缝的眼神，看上去真让人难受，还不如狠狠地斥责我们一顿呢。

现在回想起这件事情，我还是很难过，对老师总有种负罪感。

老师讲的课一直都没什么意思，我人虽然在这儿，心却早跑到外面的世界去了。

集体劳动

伏尔加河上那种集体劳动的热闹场面一直让我很向往，直到现在，我依然很痴迷于那种狂热。我还清楚地记得我第一次感受到劳动激情的那一天。

那一天，我们接到的活儿是去码头搬运货物。有一艘满载货物的大拖船在喀山附近触了礁，船底破了，需要人手把船上的货物卸下来。

我们一群人乘着一艘小火轮船，披着草席或帆布蹲在甲板上。小火轮喘着粗气，不时喷出一团团的火星。

夜深了。河面上乌云密布，眼看着一场暴风雨就要来临。搬运工们又叫又喊，骂天骂地，似乎想躲避掉这场风雨。看着他们晕晕乎乎的样子，根本不像干活的，我看不太可能去打捞出快要沉下去的那船货物。

半夜，我们终于赶到了那艘船触礁的地方。大家把空拖船和出事的船甲板对甲板系在一起，这时搬运组长第一个出现了。这个老头面带凶相，一脸麻子，长着一双鹰眼和一只鹰钩鼻。他摘下湿透的帽子，用女人一样的声音喊道："伙计们，祈祷吧。"

浑身湿透的工人们在甲板上聚成一团，像一群狗熊一样狂叫起来。组长叫道："伙计们，看你们的了！小伙子们出点力！上帝保佑我们，开始干吧！"

话音刚落，刚才还懒懒散散、一筹莫展的人们，一下子变得生龙活虎起来，他们一个个跳到触礁船上，一边叫喊着，一边说说笑笑干起活来了。刚才还是怨声载道的人们，现在居然扛起一袋袋大米、葡萄干、皮革，兴高采烈地劳动起来。

雨越下越大，天也越来越冷了。猛烈的风掀起人们的衬衫，露出他们健壮的身体。甲板上，几盏昏暗的灯笼发出微弱的光，映出五十几条忙忙碌碌的身影，他们拖着百来斤重的米袋和货包，健步如飞地穿梭个不停。打个恰当的比喻：他们热爱干活就像孩子热爱游戏，看他们脸上那种幸福感，真不知道还有什么事情能让他们如此痛快了。

一个浑身湿透、满脸胡须的大个子，看上去像是货船的主人，在一旁鼓动大家说："好小伙子们！我奖你们一桶酒！我的

小土匪们——两桶也行！加油干吧！”

夜色中，从四面八方传来沙哑的叫声：“来三桶吧。”

“三桶就三桶！好好干吧！”

劳动场面就更加热烈了。

我跑去抱米袋，搬、抛、抱，一遍又一遍地重复，只觉得我们不是在劳动，而是在狂欢，好像浑身有着使不完的劲儿，可以永远这样不知疲倦、快快乐乐地干下去，那劲头儿真像随时都可以把整个喀山城搬来搬去似的。

这一天晚上，我感受到了从未有过的痛快，真想就这样一辈子疯疯癫癫地劳动下去啊。

雨点劈劈啪啪地打在甲板上，狂风还在呼啸，我们这群落汤鸡似的搬运工们，已经从半夜干到了天亮，但大家仍在不停地跑着、笑着、叫着，一点没有疲惫的样子。

这时，一阵风吹开了层层乌云，天空中露出了太阳粉红色的脸。这群快乐的疯子挥舞着手臂，一齐向着太阳大叫着。我真想跑上前去，拥抱他们，亲吻他们，他们干活时显露出的力量，真让我心驰神往。

在这个世界上，再没有什么比快乐的力量更强大的了。这是一种神奇的力量，这种力量可以创造奇迹。

太阳只露了一个头，又被厚重的乌云遮住了，吞没了。雨依旧瓢泼一样地下着。

“休息一下吧。”不知谁喊了一声，马上招来了许多发怒的声音：“谁敢休息！”

我们一直干到了下午两点，中间没有歇过一分钟。大伙儿顶着狂风暴雨，不知疲倦地玩命劳动。我被他们身上爆发出来的强大力量震撼了。

等回到小火轮上时，大家一个个东倒西歪地睡着了。小火轮一到码头，人群就像一道灰色的泥流挤上岸，飞奔小酒馆，喝那三桶伏特加去了。

在小酒馆里，我遇到了贝什金。他问我：“他们叫你干吗去了？”

我按捺不住内心的激动和喜悦，把这次劳动的情况详详细细地告诉了他。谁知他听完后，露出一脸不屑，说：“傻瓜啊！你比傻瓜都要傻，你真是个——白痴。”

他吹着口哨，像一条鱼似的扭动着身体，穿过一排排桌子走掉了。而搬运工们刚坐在酒桌旁热火朝天地大吃大喝起来。角落里一个男人唱起了下流小曲：

哎哟，半夜三更时分

老爷的太太呀

上后花园

寻欢作乐，哎哟

一时间，小酒馆里一片喧腾，有放声大笑的，有吹口哨的，还有在桌沿上打着节拍的……

安德烈的杂货铺

经别人介绍，我认识了一位杂货铺老板，他叫安德烈。他的小铺开在一条偏僻小街的尽头，旁边堆满了垃圾。

安德烈是一个患有风痹病的独臂男人，他相貌温和，银灰色的胡须，眼睛里透出精明。他有整个喀山城最好的图书室，收藏了许多禁书和珍藏版，城里许多学校的大学生，还有那些抱有进步思想的人们，都到他这儿来借书。

安德烈的小杂货铺是一幢低矮的平房，从铺子里进去，有一扇门通向一个大房间，房间很暗，只靠一扇向天井开的窗子照进来一点微弱的光。和大房间相连的是厨房，穿过厨房，在通向邻居家的昏暗走廊的拐弯处，“躲”着一间仓库——这就是那间秘密图书室。图书室里有一些书籍是手抄的，比如拉甫洛夫的《历史信件》，车尔尼雪夫斯基的《怎么办》，彼肖列夫的文论集《饥饿

王》、《阴谋的把戏》——这些全是用钢笔抄写的，现在这些手抄本早就被翻破了，书页也卷边了。

我第一次来小杂货铺的时候，安德烈正忙着招呼一位顾客，他指着通向大房间的门向我努了努嘴。我进去一看，只见昏暗的房间角落里跪着一个矮小的老头，正在虔诚地祈祷着。看到这一幕，我一下子觉得不太舒服。

我听人们说安德烈是民粹派，在我的印象里，民粹派应该是革命家，既然是革命家，就不应该信上帝了，为什么这个老头还在祷告呢？

老头祷告完毕，很认真地用手梳一梳白头发和胡子，郑重地看着我说："我是安德烈的父亲。你是谁呀？噢，原来是你，我还以为是化了装的大学生呢。"

"大学生干吗非得化装呀？"我很惊讶。

"是呵。"老头小声说，"他们装扮得再好，上帝也会认出他们的。"然后他转身去了厨房。

我在窗子边坐了下来，正在出神的时候，猛然听到有人喊道："噢，他长这样啊。"

我回头一看，只见厨房边上靠着一个白衣女孩，短短的金黄色头发，脸色苍白，有点儿浮肿，漂亮的蓝眼睛含着微笑，就像是街上廉价石印画里的小天使。

“您用得着那么惊讶吗？我的样子真的很吓人吗？”她的声音微微颤抖着。然后小心翼翼地向我走来，手紧紧地扶着墙壁，整个身子都在打着抖。从她不方便走路的样子来看，的确和普通人很不一样。她的手指直直的，好像很僵硬。

我呆呆地站在她面前，感到从未有过的狼狈和凄凉。这间黯淡房子里的一切，都是怪异的。

女孩坐到椅子上后，人还在抖动着，就像会突然摔下椅子似的。她坦然地告诉我，因为手脚麻痹，她已经在床上躺了三个多月了，最近几天才开始活动的。

“这种病叫神经麻痹。”她微笑着解释。

当时的我，多么希望还有什么其他的原因分析她的病症——神经麻痹！这么一个女孩，住在这个怪异的房间里，得了麻痹症！听起来太简单了。这房子里的每样东西都紧靠着墙壁，屋角圣像前的小神灯分外明亮，神灯链子的黑影在洁白的桌布上奇怪地晃着。

“我听好多人说起你，早就想知道你长什么样了。”她说话的声音像小孩子一样又细又弱。

这个女孩上上下下打量着我，我十分不自在，她那双蓝眼睛仿佛可以看穿一切。面对这么一个女孩，我不知道该说些什么，只好默默地看着墙上挂着的赫尔岑、达尔文、加里波第等人的

画像。

这时，从小杂货铺闯进来一个和我差不多大的小伙子，他钻进厨房，然后用沙哑的声音对着女孩大叫："你是怎么爬出来的？"

"他是我弟弟。"女孩对我说，"我原来在产科学校上学，后来病了。您怎么一句话也不说？您是不是害羞？"

这时，安德烈走了进来，他把那只残废的手插在胸前，另一只手抚摸着他妹妹柔软的头发，她的头发被揉得乱糟糟的。然后，安德烈转过身来，问我要找什么活儿。

不一会儿，又进来一个红头发的女孩，她那双碧色的眼睛看了我一眼，就扶起白衣女孩往回走，一边走一边说："够了，玛丽亚，坐的时间不短了。"

玛丽亚？一个小女孩干吗要起这样一个成人化的名字？真不和谐，听起来都觉得刺耳。

从小杂货铺出来的时候，我心里挺烦躁的。不过第二天晚上，我又忍不住来到那间怪房子里，我很想知道安德烈他们是怎么生活的，我对他们充满了好奇。

安德烈的父亲面色苍白地坐在屋角，面带笑容地环视四周，嘴唇微微翕动，像是祈求："谁也别来打扰我。"他终日像只兔子似的提心吊胆，总是担心会有什么飞来横祸。他的内心世界我看得一清二楚。

残疾的安德烈身穿一件灰色短衫，胸前的油污和其他东西混杂在一起，硬得结成痂了。他的样子就像一个刚刚犯了错被原谅了的淘气孩子，有些羞愧地微笑着，在房间里横着膀子晃来晃去。他弟弟阿列克塞在小杂铺给他帮忙，是个又懒又馋又笨拙的家伙。另一个弟弟伊凡在师范学院上学，平时住宿，只有节假日才回家。伊凡个子矮小，打扮得挺精致。得病的妹妹玛丽亚住在阁楼上，不怎么下来。不知道为什么，她要是下来我就浑身不自在，就好像被什么东西束缚住了一样难受。

安德烈一家的家务事由邻居的女人料理着，这个女人又瘦又高，毫无表情的脸上长着一双冷酷的眼睛。上次我见到的红发女孩就是她的女儿，叫娜斯佳，她经常到这儿来转悠，每次她盯着一个男人看时，尖尖的鼻孔就会习惯性的一翕一合。

安德烈家的真正主人，应该是喀山大学、神学院里的大学生们了，他们把这儿当作聚会点。这群人时时刻刻关心着国家大事，每当有什么新消息，比如报纸上的一篇文章、书本里的某些观点、城里或大学里发生的不幸事件等等，他们就从喀山城的各个角落赶过来，挤在安德烈家的小杂货铺，慷慨激昂地狂热争论。他们有的聚在一起大声辩论，有的躲在角落里窃窃私语。

通常情况下，他们会抱着一本大厚书，然后手指头戳到某一页上，互不相让地争辩，各自说着自己的见解。

我不大明白他们在争辩什么，不过我倒以为真理已经被他们汹涌的空话冲淡了，冲没了。我甚至认为有几个大学生，就和那些老家伙们一样迂腐。当然，我很清楚大学生们的初衷是好的，他们希望生活更美好，即使真理被他们空洞的评说淡化了，但毕竟没有全部被淹没。我明白他们是希望能改变目前的状况，我自己也有同样的想法。在他们的谈话中，我常常可以发现我想说但没说出来的话。能够遇到这些人，我的内心充满了狂喜。

在他们眼里，我就像木匠手中的一块好木材，他们很希望用它打制出一件不同凡响的木匠活儿来。

"这是个天才。"

他们见面时总这样介绍我，还带着一股显然的骄傲感，就像街头的孩子竟然捡到了一枚硬币，情不自禁地要向别人炫耀炫耀。我不喜欢被人们称作什么"天才"、"骄子"之类的，我只是一个被遗弃的孤儿。

有时，那些指导我学习的大学生会让我感到压抑。有一回，我在书店的橱窗里看见一本《警世箴言》，我读不懂书名的含义，但很想看这本书，就到一个神学院的大学生那里去借。

"您瞧瞧,老弟!你这不是瞎胡闹吗!让你看什么就看什么,别乱伸爪子了。"这个未来的大主教先生嘲讽地对我说。

他的话深深地伤害了我。后来,我还是想办法买下了这本书。这钱,有些是我在码头做工挣的,有些是问安德烈借的。这是我买的第一本比较像样的书,我很珍惜,至今依然保存着。

总的来说,大学生们对我的要求十分严格。有一次我读《社会学入门》,发现了作者的一些不足之处:一是过分夸大了游牧民族对人们文化生活的影响,二是忽略了富于创造才能的流浪人和猎人的功绩。我把自己的想法告诉了一个从事语言学研究的大学生。他听后,原本温和的脸顿时严肃起来,跟我一本正经地讲起了关于"批评权力"问题。

"你先得信仰一种真理,才可以去批评,才有批评的权力,那么,你又信仰什么呢?"他问我。

这是个爱书成癖的大学生,常常在街上边走边看书而撞到别人。他患病卧床时,仍然不停地念叨:"道德必须是自由部分与强制部分的统一,统一……"可怜的人,因为长期忍饥挨饿,他总是病怏怏的,再加上他拼命苦读寻求真理,使他看上去更加虚弱了。

读书是他唯一的兴趣,除此之外别无他求。当他认为内心

中相互矛盾的两个方面达到了统一和谐时，那双温柔的黑眼睛就会露出孩子般喜悦的光芒。离开喀山十年后，我在别的地方见过他，他当时被流放了五年后又回学校学习了。他总是生活在不可调和的矛盾之中，就是到了快被肺结核折磨死的时候，他还在调和尼采思想和马克思主义呢。我印象最深的一次，是他用冰冷的手指捏住我的手，咯着血，嗓子里呼噜呼噜地说："矛盾不统一，就没法活了。"

再后来，他死在上学去的电车车厢里了。

我曾见过许多这样为真理而殉身的人，每当想起他们来，心中的敬意就油然而生。

经常来小杂货铺聚会的大约有二十个人，他们之中也不乏神学院的学生，有一个叫佐腾·潘捷拉蒙，是个日本人。还有一个大个子有时也来，他很特别，宽阔的胸膛，密实的络腮胡，鞑靼式光头，身穿哥萨克短大衣，扣子一直扣到了下巴这里。他不太说话，总是爱坐在角落里，抽着烟斗，沉稳的灰眼睛不停地望着大家。看得出来，他很留意我，目光不时地落在我身上，不知怎么回事，他这么一看，我心里直发虚。在大房间里，大家都在争辩个不休，唯独他一个人什么也没说，这一点让我很好奇。人们都在高谈阔论，毫不掩饰地大胆说出自己的想法，他们争论得越热烈，我就越快活，我一直都没觉察到这些唇枪舌剑的辩论之中隐藏着什么见不得人的虚伪。可是，这个一言不发的大胡子在想什么呢？我很好奇。

大家都叫他“霍霍尔”，这里除了安德烈，再没有人知道他的真实姓名了。过了不久，我听说他是个流放者，被流放了十年，刚刚回来没多久。虽然我很想了解他，但还是鼓不起勇气走上前去和他谈话。我并不害羞，也不怕见陌生人，我这人从来对一切事物充满了好奇心，我渴望探索一切未知，正是这个坏习惯，使得我一生也没有认认真真地研究过什么。

我听着这群人谈到了人民，我觉得很奇怪，为什么自己的想法和他们的竟会如此不同呢？他们认为人民是真、善、美的化身，是一个神圣的群体，是高尚品德的发源地。可是，我怎么就没见过这种人民呢？我见过的有木匠、装卸工、水泥匠，我的意思是，我说的人民是具体的实实在在的人，而他们说的是抽象的人的整体。他们把人民看得很高贵，并且愿意以人民的意志为自己的意志。可我认为，真正拥有美好思想的人应该是他们自己——就是这群谈论人民的人们，在他们身上，才真正体现着博爱、自由的美好品德。他们的每一句话，甚至每一个眼神里，都散发着博爱的光辉。

这段时间，我的思想发生了重大变化，人民伟大、神圣的理

论像春雨般滋润着我的心田，那些描写农村生活的朴素的现实主义文学作品，给了我新的启示。我觉得只有对人类充满了最强烈的爱，才会激发人们去追求人生的意义。从那以后，我再不是只考虑自己，而是开始为他人着想了。

听安德烈说，他开杂货铺赚的钱，都用来帮助这些人了。他在这些人群中转来转去，不时地为他们的聪慧机智而欣喜。时常情不自禁地将残手插入怀中，另一只手捋一捋软软的胡须，微笑着对我说："您听，多么好呵！"

安德烈和我一样欣赏这些大学生，可是大学生对待他却很不客气，常常对他随便吆喝，不过安德烈倒是一点也不在意。

等客人们逐渐散去后，安德烈经常让我住在他那里，我们就在地上铺一块毛毯，席地而睡。夜里，在神像前那盏灯的照耀下，我们畅所欲言。他欢悦地告诉我："以后要是有这么百八十号他们这类出众的人才，在国家的各个重要位置上发挥作用，那时，整个世界都会发生翻天覆地的变化。"他的语气带着一种教徒所特有的虔诚。

精神的痛苦

秋天来了，我得有一个固定“职业”了。

这一段时间我的身边发生了许多新鲜事，都把我给迷住了，我的活儿干得越来越少，简直到了靠别人养活的地步，可是，这样的面包吃起来是很难为情的。所以我给自己找了一份工作——到瓦西利·塞米诺夫面包坊打工。

这段时期的生活是艰难的，但也很有意义。在我后来写的《老板》、《柯诺娃洛夫》、《二十六个和一个》等短篇小说中，曾经描写过这段生活。

肉体的痛苦是肤浅的，只有精神的痛苦才是真正的痛苦。

自从进了那家面包作坊的地下室后，我就和以前天天见面天天交谈的人分开了，我和他们之间仿佛竖起了一道高墙。没有人来看我，我每天要工作十四个小时，也没空再去安德烈那儿

了。面包坊的工作非常辛苦，就算遇到节假日，我不是在睡觉，就是和作坊里的工人们瞎闹。

一开始，有些同伴就把我当成了开心果，还有一个同伴像个小孩似的，到处追着听我讲一些有趣的故事。谁知道我竟给他们讲了些什么呀，不管怎么说，效果很不错，居然让他们对某种不是很清晰却很轻松美好的生活有了向往之心。有些时候，我的故事讲得很出色，看到他们流露出或悲或怨或恨的情绪，我心里还暗暗高兴，自以为在做群众的思想工作，是在教导人民呢。

当然，我也有自卑的时候，总是觉得自己那么弱小，那么无知，有时连基本的生活常识都不懂。这种时候，我就感觉自己仿佛被遗弃在一个昏暗的地洞里，地洞里的人就像大虫子一样蠕动，他们不敢正视现实，终日钻到酒馆里，在酒精中寻求安慰。

很多时候，我发现同伴们也像大虫一样，不敢正视现实，他们的一贯作风就是：讥讽、嘲笑、敌视他们不理解的东西。在面包坊里，只要我一说有人毫不为己地为他人寻求自由与快乐时，就会有人提出质疑，然后开始对我进行猛烈的攻击。我当时很自信，我觉得自个儿像一条桀骜不驯的小狗，但比大狗还要聪明勇敢，所以我对他们毫不客气地进行反击，甚至大发脾气。

然而，正是这些争论，让我认识到思考生活和实际生活同样是不容易的。我有时会对同伴们的忍耐感到愤怒，真不明白他们为什么心甘情愿忍受酒鬼老板的污辱，他们无条件的顺从和忍耐激起了我的怨恨。

这一时期，我的精神非常痛苦。可是就在这时，命运发生了转机。我又接触到一种新的思想，虽然这种思想和我是完全对立的，但它仍从心灵深处触动了我。

那是一个暴风雪的夜晚。大风呼啸，像是要把天空扯碎似的，厚厚的白雪覆盖了整个世界，那一时刻，就好像世界末日来临了，太阳似乎再也不会升起来了。这一天正是忏悔节，我从安德烈那儿出来，准备回面包坊去。在大风雪中，我眯着眼奋力前行着，突然脚下被什么东西绊了一下，不由自主地跌倒在一个人身上，原来我被横躺在路上的这个人绊倒了。他朝我怒骂，我也不客气地回骂着，结果他居然吐出一句法语："呀，魔鬼……"

这句法语激起了我的好奇心，我把他搀扶起来。他个子矮小，看起来比较瘦弱。他站好后，一下把我推开，吼道："我的帽子！他妈的！给我帽子，我快冻死了。"

我帮他找到帽子，抖了抖雪给他戴上，可他却毫不客气地把帽子摘下来摇晃着，用俄语和法语轮着骂我："滚！滚！"

接着他突然拔腿向前狂奔，消失在雪夜中了。

我感到有些莫名其妙，但还是继续向前走。走着走着，鬼使

神差地一转头，只见那个人站在电线杆旁，双手抱着没有路灯的电线杆，郑重其事地对着电线杆说："琳娜！我快死了……哎，我的琳娜……"

看得出来，他喝醉了，要是我不管他，他肯定会冻死街头的。我走过去，问他住在哪儿。

"这儿是哪条街呀？"他带着哭腔说，"我也不知道往哪儿走。"

没办法。我只好拽住他的腰，拖着他向前走，一边不断地询问他的住址。

"在布莱克街……那儿有好几个浴池……就是家了……"他用冻得发抖的声音说。

他一路斜着身子向前走，我扶着他，走得很吃力，我听到他的牙齿在不停地打架："要是你知道，"他一边靠着我，一边嘟嘟囔囔地说。

"什么？"

他停下来，举起一只手，吐字清晰甚至带点得意地说："要是你知道，我要带你去哪里……"

他把手指头含在嘴里，身子摇摆得快站不住了。我弯下腰，背着他走，他把下巴抵在我的脑袋上不停地埋怨："要是你知道……我快冻死了。哎呀，我的上帝呀……"

我们在布莱克街上找了半天，才算弄清他的住所。我们终于爬到一个小配房门前，它几乎被院内的雪花淹没了。我们在黑暗中摸索前行，到了房门口，小心翼翼地敲一下门，他对我低低地呵斥道："嘘，小点声……"

一个身穿拖地红衣的女人开了门，手中举着烛台，把我们让进屋后，她悄无声息地走到一旁去，找出一副长柄眼镜，仔仔细细地看着我。

我对她说，这个人的双手已经冻僵了，应该赶紧脱掉他的衣裳，让他好好睡一觉。

"是吗？"她用清脆如女孩子般的声音说道。

"得把他的手浸在凉水里……"

她好像没听懂我的话，只是用眼镜向屋角的画架指了指，那儿有一幅风景画，上面画着树木和小河。我奇怪地看了看那女人毫无表情的脸，她居然转身走到桌子旁坐下，若无其事地玩起纸牌来了。

"您家有伏特加吗？"我高声问道。

她仍然无动于衷，继续玩她的纸牌。

我费劲背回来的男人坐在椅子上，低垂着脑袋，冻得通红的双手垂在身旁。我也不知道究竟是为了什么，就把他抱到躺椅上，给他脱掉衣服。躺椅后面的墙上挂着许多照片，其中仿佛有

一个系着白丝绸的花圈，在白丝绸上写着：献给举世无双的吉尔塔。

“真见鬼，你轻点。”我给他搓手时，他痛得大叫起来。

那个莫名其妙的女人手中还在玩着纸牌，仿佛心事重重的样子。她有一只鹰钩鼻和一双大眼睛。最后，她终于举起手抚摸着浓密蓬松的灰头发，用少女般的声音发话了：“乔治！你找到米沙了吗？”

这个叫做乔治的男人推开我，立即坐起来答道：“他不是去基辅了吗？”

“是的，他去基辅了。”她又重复了一遍，眼睛始终没有离开纸牌。她说话简单明了，但听起来却很冷漠无情。

“他就要回来了……”

“真的吗？”

“当然，是真的。”

“真的吗？”她又喃喃自语道。

几乎赤裸的乔治跳下躺椅，跪在女人脚前，用法语说了几句话。

“这我不在意。”她用俄语答道。

“你知道吗？我在这冰天雪地和狂风中迷了路，差点儿冻死。”乔治紧张地对女人说，一边轻轻揉着女人的手。

乔治看上去有四十来岁，脸上一副很谦卑的神情，他使劲地抓着一头乱糟糟的灰发，此时他已经酒醒了，说话也很清楚了。

“明天我们去基辅。”那女人像是在询问他的意见，又像是下决心似的宣布。

“好吧，那就明天去。不过你现在该休息了，快点上床睡觉吧，都快半夜了……”

“米沙今晚不回来吗？”

“不会回来的。这么大的风雪……好了……我们去睡吧……”他扶着女人走进书橱后的小门。我一个人在外屋待了很久，平静地听着里屋乔治沙哑的低语。

暴风雪仍在肆虐，不时地抓着窗玻璃，地板上融化了的雪水映着烛焰的光辉，房间挤满了家具，暖融融的，让人心情很放松。

过了好一会儿，乔治终于摇摇晃晃地走了出来，手中的台灯罩撞击着灯泡。

“她睡着了。”

他把灯放回原处，站在屋子中央，眼睛也不看我，若有所思地说道：“怎么说好呢？今晚要是没有你，我早就冻死了……谢谢你。你是干什么的？”他侧着头，倾听着里屋里细微的动静，身体不停地打着颤。

“她是您妻子？”我小声问。

“是妻子，是我的一切，是我的生命。”他望着地板，声音虽不大，但十分清晰，并开始用手狠抓头发。

“对了，你喝茶吗？”

他呆呆地走向门口，又猛地站住，他想起来佣人因为吃鱼中毒住院了。

我说我自个儿来烧茶，他说好。他一定是忘了自己几乎光着身子，只顾赤着脚吧嗒吧嗒在地板上走，他把我带到一间很小的厨房里，背对着炉火说道：“要不是你，我大概早死了。太感谢你了。”

他猛地浑身抖了一下，恐惧地瞪大双眼。

“万一我死了，她怎么办？天哪……”

他看着漆黑的卧室门口，飞快地小声对我说：“她有病，她有个儿子是音乐家，后来在莫斯科自杀了，她还在盼他回来，已经两年了……”

我们一起喝茶时，他语无伦次地讲了许多稀奇古怪的事情。

他告诉我这个女人原来是地主，他是历史老师。这个女人离开了她的男爵丈夫，到歌剧院谋生。虽然她的德国丈夫用尽了各种办法，但还是无法让他们分开，他们始终过着快乐的同居生活。

他眯着眼，一个劲儿地瞅着厨房里的某个角落和火炉旁已经破烂的地板。他端起杯子喝了一口热茶，茶水烫得他眉头一皱，眼睛直眨。

"你是干什么的？"他问我，"噢，烤面包的工人。怎么一点也不像？为什么？"

他显然有点不知所措，像只入网的小鸟一样惊慌地望着我。我简单地讲述了我的经历。

"噢。是这样。"他轻声叫着，"是这样……"

不知怎么回事，他突然变得活泼起来，他问我："你听过丑小鸭的故事吗？一定读过吧？"接着，他的脸变得歪歪扭扭的，嗓子里发出奇怪的嘶哑声，愤怒地说道："多么动人的故事！我像你这么大时也幻想过，我会不会变成一只白天鹅呢？你看看我吧……我应该去神学院的，却上了大学。我的父亲是神父，因此和我断绝了父子关系。我在巴黎学习人类的悲剧史——进化论。是呀，我也发表了文章。可是。这究竟是怎么搞的……"

他猛地跳起来，又坐到椅子上，认真地听听房间里的动静，继续说："进化，多么好听的字眼！这是人们发明出来欺骗自己的。人类现在的生活根本就毫无意义，是不合理的。如果没有奴隶制，就不会有所谓的进化。同样的，没有少数统治者，社会就不会进步。

"我们越是想改善生活环境，减轻劳动强度，就越会使生活

困难重重，劳动也更加沉重。工厂、机器，然后再造机器，还有什么比这更愚蠢的呢？现在工人越来越多，生产粮食的农民反而越来越少，但我们需要的就是通过劳动向自然界索取粮食，我们别无他求。可以这么说，希望越小，幸福越大；希望越多，自由越少。”

他当时也许是口不择言，但他的确是这样说的，他的思想是多么不可思议！这种奇怪的论调，我还是头一回听到。

他又发神经了，激动地尖叫一声，又立即胆怯地望了一下卧室的门，静听了一会儿，然后愤慨地小声念叨着：“人是十分容易满足的，我们需要的不多，只是需要一块面包和一个女人而已……”

他用一种神秘的语调，和我从未听说过的语言及诗句说起了女人，他的样子就像小偷贝什金。

看得出来，他是个爱情崇拜者，从他的嘴里一下子吐出一连串我十分陌生的名字：贝尔雅德、非亚米塔、劳拉、妮依……他向我讲述了诗人甚至国王和这些美女们的爱情故事，朗诵了几段法国抒情诗，一边朗诵，一边用他纤弱的手臂打着节拍。

“爱情和饥饿统治着世界。”听完他的话，我猛然记起这段炽热的语言在一本革命小册子《饥饿王》的标题下出现过，于是我更加觉得他的话意义深远。

“人类追求的是忘记和享乐，而不是知识。”

他的观点深深震撼了我。

早上六点过几分，我离开乔治家。走在风雪晨雾之中，我回想着昨晚的奇遇。乔治的思想触动了我，他的话就像卡在喉咙里的鱼刺似的，让我感到窒息般的痛苦。

我不想回面包坊，也不想见任何人。我一个人孤独地在大街上游荡，一直逛到天际放亮，满天的风雪中依稀可见人们身影的时候。

从那以后，我再也没见过乔治，我也不想再见到他了。

以后的日子里，我不断地从不同的人身上听到同样的话，这些人中，有的是不识字的游方僧、四海为家的流浪儿、人文主义者，有的是受过高等教育的人、教堂神职人员、造炸药的科学家……不过，后来听到类似的想法时，我已经不像第一次那样感到震惊了。

三十年后，我和一个熟识的老工人聊天，结果我又听到了类似的观点，就和多年前乔治的观点相同，甚至两个人说的话都非常接近。

老工人坦率地对我说："亲爱的老弟，我告诉你我需要什么，那些研究院、飞机、科学……都跟我毫无关系，我需要的是一间

安静的房子和一个女人，高兴时我可以和她亲吻，她的心灵和肉体都属于我，这就足够了。您和我们不是一路人，您喜欢用知识分子的方式来思考问题，您把理论、思想看得高于一切……”他一边说着，一边把烟蒂扔进河里，眼睛直直地盯着那个漩涡看。

在月光如洗的秋夜里，我们坐在涅瓦河畔的石凳上，思考着如何做点有意义的事情，结果是徒劳的，再加上白天一整天的紧张工作，现在我们早已累得疲惫不堪了。

“我们现在虽然人在一起，心却不同，您和我们不是一类人，这就是我要说的，”他一边想着一边说，“知识分子都不安分守己，他们就爱乱折腾，像耶稣一样，为了大家都上天堂，他就开始胡闹。这些知识分子也都是打着乌托邦的旗号乱折腾的。只要有一个疯狂的幻想家闹腾起来，那群流氓无赖就会一哄而上。这些人对政府心怀不满，因为他们知道生活中没有他们的位置。至于工人暴动就是为了革命，他们要争取生产工具和生产产品的合理分配权。如果他们夺取了政权，您认为他们会建立新国家吗？没门！到那时候，大家都会散去，自顾自找个安生地方待着……”

他停顿了一下，接着说道：“您说机器有什么好，它只会把我们脖子上的绳索勒得更紧，把我们的手脚捆得更牢。我们根本就不需要机器，我们要的是减轻劳动强度，过安生日子，但工厂和科学不会给人安静。我们的要求再简单不过了，如果我只需要一间小房，又何必劳民伤财建一座城市呢？大家集中到城市里，拥挤不堪，还有自来水、下水道、电气等麻烦事。您想想看，如果没有它们，生活将是多么轻松。嗯。我们这儿有许多没用的东西，都是知识分子闹腾出来的。知识分子就是害群之马。”

听了他的话，我心里很不是滋味。在这个世界上，还有谁会像俄国人这样全盘否定生存的意义呢？

老工人笑一笑，继续说：“俄国人的思想是绝对自由的，不过请您别动气，我的想法是正确的。千千万万的人们都是这样想的，只是他们不会说出来……生活应该简简单单，才是最舒服最轻松的……”

我们分手以后，我不禁想到：难道千百万的俄国人民历尽千辛万苦参加革命，就是为了减轻劳动，追求安乐吗？付出最小的努力，获得最大的享受，这话听上去和各种空想主义及乌托邦传说一样美丽，充满了诱惑力。

我想起了易卜生的一首诗：

我是保守派吗？噢，不是。
我还是原来的我，丝毫没有改变，
我不愿把棋子一个个摆弄，

我要把棋盘掀翻!

曾经有过一次彻底的革命,
它是世上最明智的革命,
就是世纪初那次洪水,
大洪水真该把一切冲毁,
可是,魔鬼又一次上当受骗,
诺亚再一次变成了大独裁。

噢,如果革命是真实的,
我可以助您一臂之力,
您快去掀起冲毁一切的洪水,
我心甘情愿在方舟下按住水雷。

面 包 坊

安德烈的小杂货铺有些入不敷出了，收入太少，需要救济的人又太多。

“得想点办法才行。”安德烈忧虑地捋着胡须说，他抱歉地笑笑，又长叹了一口气。

安德烈太苦着自己了，他就像把自个儿判了无期徒刑，服服帖帖地给人们做苦工，尽管他很乐意这样做，但有时候也会感到很吃力。

我曾经多次变着法地问他：“您这样做到底是为了什么呢？”

他并没明白我问话的意思，每次都是急匆匆地用一些干巴巴的难懂的词语，阐述着人民生活在苦难之中，必须让他们接受教育、获取知识等原因。

“你的意思是说人们在渴望和追求知识吗？”

安德烈惊讶地看着我:“当然是了。您不是也这样想吗?”

是的,这也曾是我的希望,可是现在我开始怀疑了。我的耳边又响起了乔治的话:“人类追求的是忘记和享乐,而不是知识。”

这种思想对于十七岁的年轻人是十分有害的,年轻人听了这种话只会消磨斗志,对他们也没有什么好处。

安德烈决定开一个小面包坊,他粗粗算了一下,大概每个卢布可以赚三十五戈比。安德烈让我担任面包师的助手,并以“亲信”的身份,监视面包坊里可能发生的偷窃行为:偷面粉、鸡蛋、牛油和面包。

就这样,我离开了原来四十人的大作坊,来到这个小而整洁的地下室,通常,这里只有我和面包师两个人。

面包师叫伊凡·柯茨米奇·布托宁,他两鬓斑白,脸色蜡黄,长着一撮小胡子,一双阴沉狡猾的眼睛,莫名其妙小得像鱼似的嘴巴,嘴唇长得极怪,厚嘟嘟的好像噘着,仿佛要和人接吻似的,但他的眼神却露出一种不屑的神情。

他当然也偷东西,就在头一天晚上,他就迫不及待地悄悄把十个鸡蛋、三斤面、一大块牛油放到一边。

“这些是干什么用的?”

“留给一个小姑娘的，”他平静地回答我，然后耸了一下鼻子又加了一句，“一个相当不错的姑娘。”

我试着向他说明，偷东西是犯罪的行为。但看来我的努力是白费了，或许是我的嘴太笨了，或许是我自个儿都不相信自个儿，又怎么能说服别人呢？

面包师躺在装面的柜子上，透过窗子望着天上的星星，阴阳怪气地咕哝着：“你居然还想教训我！第一次见面就教训人！我都大你三倍了，真好笑！……”

他转回头望着我说：“我好像在什么地方见过你，你以前在哪儿干？是塞米诺夫家吗？要不就是闹暴动的那家？都不对？那看来我就是在梦中见过你了……”

几天后，我发觉这个人有一个特长，那就是爱睡觉，而且特别能睡。不管在什么地方，不管是什么姿势，他都能睡着，甚至站着烤面包时也能睡着。他睡着的样子同样很怪异，眉毛微挑，一副讥讽人的丑态。

面包师喜欢对我讲他的发财梦。有一次，他信心十足地说：“我算看透了这个世界，它就像一张巨大的馅饼，里面装满了财宝：一罐罐的钱，一箱箱的金银财宝。……我还做梦到我以前去过的地方，有一次梦见了澡堂，澡堂的墙角下面埋着一箱金银珠宝。醒来之后，我信以为真连夜去挖，挖了一尺半，结果只挖出

了一些破烂货。……这时哗啦一声响，我不小心把窗玻璃给撞碎了，只听见有个女人高声尖叫：‘快来人啊，抓贼呀。’幸亏我逃得快，否则非得挨一顿饱打不可。真好笑。”

“真好笑”几乎成了面包师的口头禅，他说这话时自个儿不笑，只是眨巴眨巴眼，耸耸鼻子吸一下。

真是日有所思，夜有所梦，他的梦和他的现实生活一样枯燥乏味。我真不明白为什么他这么津津有味地说着他的梦，但是对现实生活中的真人真事反而一点兴趣都没有。

当时，发生了一件轰动性新闻：有个茶商的女儿，因不满婚姻，出嫁当天开枪自杀了。几千名青年为她送葬。大学生们在她坟前发表演讲，警察出动驱散了他们。当时我们面包坊隔壁的房间里，大家都在谈论这个悲剧事件。小铺后面的大房间里挤满了大学生，我们在地下室都能听到他们愤怒的叫喊声和激烈的讲话声。

“我看啊，这个姑娘是小时候欠揍。”面包师慢条斯理地发表了他的看法，接着又说起了他心爱的梦：“我好像是在池子里捉鱼，一个警察猛然大喊：‘站住！你好大的胆子。’我没处可逃，一着急就往水里扎，这一下把我给吓醒了……”

面包师虽然不大关心周围的现实生活，但没过多久，他还是觉察出这个小杂货铺有点不太正常。小店里的服务员是两个爱读书但很外行的姑娘，一个是老板的妹妹玛丽亚，一个是老板妹妹的好朋友，她高高的个子，粉红色的脸颊，一双温柔可人的眼睛。大学生是这家店铺的常客，他们每到小铺后面的大房子里就不停地争辩，或高谈阔论，或小声低语，一坐就是大半天。真正的店老板不怎么到店里来，而我这个当他“助手”的，倒是很像个店老板。

“你是老板的亲戚吧？”面包师问我，“要不就是想招你为妹夫，对不对？真好笑。那帮大学生干吗老来这儿捣乱？是来看姑娘的？……嗯，也许可能……不过那两个姑娘没那么漂亮，说不定……依我看，这群大学生吃面包的积极性超过了看姑娘……”

每天早上五六点钟时，面包坊窗外的街上就会出现一个短腿姑娘，她的体形很特别，脸、手、腿都圆鼓鼓的，整个人就像是由一个个小球组成的一个大球。她赤着脚走到地下室的窗子边，边打哈欠边喊着面包师的名字。

她有一头黄黄的卷发，像是一串串小圆环挂在圆鼓鼓、红彤彤的脸上和扁扁的前额上，她揉揉睡意惺忪的双眼，懒洋洋地用那双婴儿般的小手撩开眼前的头发，那样子真滑稽。我叫醒布托宁，他睁开眼，对着她说：“来了？”

“你没瞧见吗？”

“睡得好吗?”

“当然好了。”

“梦见什么了?”

“记不清了……”

此刻,整个城市静悄悄的,只听见远远地传来清洁工扫地的声音,小麻雀在树枝上欢快地叫着,阳光照耀着地下室的窗子,多么宁静的清晨呀。

面包师贪婪地伸出毛茸茸的手,抚摸着姑娘的光脚丫,姑娘满不在乎地任凭摆弄,温顺的眼睛甜甜地看着他。

“快点,面包熟了,快点取出来。”面包师对我叫道。

我把烤面包的铁篦子抽了出来,面包师从上面抓了十来个小甜饼、面包圈和白面包丢进姑娘的裙子里。她把刚出炉的热甜饼从左手倒到右手,又送到嘴边,张开嘴用黄黄的细碎牙齿啃了起来。

布托宁痴迷地望着她:“快把裙襟放下来,你这不害羞的丫头。”

圆姑娘拿了面包走后,他又夸奖起她来:“看到了吧?多像一只绵羊,瞧她一头卷发。老弟,我可是个爱干净的男人,我从不和娘儿们鬼混,只和小姑娘交朋友。这是我的第十三个姑娘了,她是警察尼基弗里奇的干闺女。”

听他得意洋洋的满足话，我私下里琢磨："难道我也得这样活着吗？"

我连忙从炉子里取出烤好的白面包，挑出十块，也可能是十一块，放到一个长托盘里，送到安德烈的杂货铺去。然后又回来装满一篮子的白面包和奶油面包，去给神学院的大学生们送早餐。我站在神学院饭厅口，把面包发放给大学生，"记账"或者收"现金"。有时候我还从事一些"地下"工作，比如在面包下面放几本小册子，偷偷地送到大学生手中，他们也常常把书籍或纸条塞进篮子里。

每周我要出一趟远门，去疯人院，精神病学家别赫捷罗夫在那里给大学生们上实例教学课。有一回我去的时候，他正在讲一个躁狂症病人，病人当时就站在教室门口，他的样子很古怪，穿着白色病号服，个子很高，头上戴着尖帽，看见他那副样子，我忍不住笑了出来。病人经过我时特意停了一下，狠狠地瞪了我一眼。我吓坏了，一个劲儿地往后缩，好像他那黑眼睛里射出的光芒刺进了我的心脏似的。精神病学家在台上讲课时，我一直用手护着像是被火燎了似的脸。

病人的声音很低沉，他从白色病号服里伸出手，这双手细长可怕，手指也同样细长可怕，伸出来的样子像是在索取什么。也许是我的幻觉，我觉得他的整个身体都在拉长延伸。他的那只手仿佛随时都可以卡住我的喉咙，尤其那张干瘪的瘦脸上黑眼窝里的眼睛，放射出恶狠狠的光芒。

听课的二十几个学生看着这个头戴怪帽的疯子，有几个学生笑了，大部分人都在冥想苦想。他们平淡的目光根本就没法和疯子炙热的目光较量。疯子很可怕，他身上有种说不出的傲气，他真傲气。

在他威严的目光下，大学生们一个个都闭上嘴不敢说话，教室里鸦雀无声，只有教授那清脆的声音在教室里回荡，教授每次提问，疯子就会低声呵斥，他的声音像是从地板下或者白墙后发出来的。疯子的言行举止很高贵，像教堂里的大主教一样庄重威严。

疯子的形象在我心中留下了不可磨灭的印象，他让我寝食难安。当天夜里，我就写了一首描写疯子的诗，在诗中，我称他为“万王之首，上帝的贵客”。

我的工作十分繁忙，几乎没有多余的时间看书。从晚上六点开始，一直要忙到第二天中午，午后我还得抓紧睡觉，所以只能抽着空看回儿书了。每次在等面团发酵或者面包进烤炉后，我才可以拿起书读一读。面包师见我差不多已经上手了，就干得更少了。他还用和气而古怪的声音教导我：“你挺能干的，再

过一两年，你就可以自己当面包师了，真好笑。你这么年轻，没人听你的，也没人看重你……”他非常反对我埋在书堆里，常常要我少看书，多睡觉。不过他从没问过我读些什么书。

他的最大癖好依旧是做稀奇古怪的梦，现在他的梦里除了那些地下埋藏的金银财宝外，又添加了那个圆球似的短腿姑娘。短腿姑娘经常在夜里和他约会，她一来，他就把她带到堆面粉的门洞里，要是天太冷，他就耸耸鼻子对我说：“你出去半小时吧。”

我一边往外走，一边想：“他们的恋爱方式和书本里描写的可完全不一样啊……”

我似乎有使不完的劲儿，所以看上去显得粗粗笨笨的。面包师见我居然能够搬动百来斤重的面袋，就不无遗憾地说：“你的劲儿真够大的，顶得上三个人，可一讲到机灵，你就完了，看你长得又瘦又高，可还是一头又蠢又笨的牛……”

这时的我虽然读了不少书，也爱读诗还开始写诗了，可我还是说“我自个儿”这样的土话。我知道这种话听上去很笨，没文化似的，但只有用这种粗糙的词语才可以表达出我纷乱的思绪。有些时候，为了反抗那些难以容忍的事情时，我就故意说一些很粗鲁很野蛮的话。

一个曾教过我的数学系大学生这样对我说：“鬼才知道你在说什么，你说出的哪里是话，简直就是秤砣……”

其实，这段时间我自己感觉也很不好，这或许是十五六岁青春期男女的通病吧，我总觉得自己又丑陋又可笑，长着一副高颧骨，自己也不知道自己在说些什么。

面包坊后面的小房间住着老板的妹妹玛丽亚，病愈后的她就像只小鸟快乐地飞来飞去，轻盈灵活的动作和她胖乎乎的体态有点儿不协调。我经常给她烧茶，但我不想见到她，不知道为什么，一见到她，我就局促不安，很不自然。她总是用孩子般的眼睛望着我，就像我们初次见面时一样，我觉得她微笑的眼神好像在嘲讽我。每次听到她快乐的声音，我就想：她是不是想让我忘记我们初次见面时她的病态呢？可我忘不了。

最近，有个红头发的医学院大学生经常围着她转来转去，我还常常看到他故弄玄虚地伏在她耳边小声说话，还时不时地挤弄一下眉头。

有时候她走到我身边问我："您看什么书呢？"

我简单地回答了她，但我真想反问她一句："您问这干什么？"

有一天晚上，面包师和短腿姑娘幽会，他肉麻地对我说："你出去一会儿吧。喂！你去玛丽亚那儿吧，干吗傻乎乎地看着？你知道吗，那些大学生……"

我让他住嘴，否则我一秤砣下去砸烂他的脑袋。说完我就去了堆面粉的门洞。我从关得不太严实的门缝里听见布托宁嘀咕："我才不和他动气呢。他就知道念书，真是个疯子……"

门洞里根本没法待，成群结队的老鼠在这里狂欢，面包坊里传来短腿姑娘陶醉的欢笑声。我只好躲到院子里，这时天正飘着毛毛细雨，院子里有一股焦烟味，可能是什么地方着了火。我真是烦闷极了。

已是后半夜了，对面的房子里还有几间闪着昏暗的灯光，里面的人在哼歌：

圣歼对瓦拉米呵
头上闪烁着金环
他们在天上相逢
忍不住笑开了花……

我想象着玛丽亚会像短腿姑娘躺在面包师膝盖上一样躺在我的膝盖上，但马上又被这个想法吓坏了。

我扶着膝盖探身望着一个窗口，透过窗帘的是一间方方正正的地下室。在蓝色灯罩的小台灯下，我看见玛丽亚正面对窗子写信。她抬起头，用红笔杆理一下垂下来的头发，她眯着眼睛，笑容满面，像是想到了什么高兴事。接着，她缓缓地折好那封信塞入信封，用舌尖舔着封口的胶边粘好信，就丢到了桌子上。过了一会儿，她又伸出食指用力按了几下，又重新拿起信封，眉头紧锁，把信抽出来又看了一遍，另装了一个信封，写好地址。为使封口快点干，她举起信封在空中挥来挥去。她挥着手走向床铺，等回来时已经脱了外套，露出了丰腴的肩头，然后端着台灯消失到角落了。当你观察某个人的举止行为时，你会觉得那人就是个神经病，我在院子里边走边想：玛丽亚的生活看起来真是奇怪。

其实，每次那个红发大学生来找玛丽亚，我心中就会掠过一丝不悦，他压低声音和她说话，她呢，总是缩着身子，两只手躲到身后或放到桌下。我一点儿也不喜欢这个大学生，甚至非常讨厌他。

短腿姑娘终于摇摇晃晃地走了出来，对我嘟囔着说：“你可以回去了。”

面包师一面从橱子里往外掏面团，一面向我炫耀他的情人多么听话懂事，多么让人快活，两个人就是待上一百年也不厌烦。我却想着：“要是再这么下去，我可怎么办呀？”

我有种感觉：好像随时随地都会有飞来横祸落到我头上。

面包店的生意还算兴隆，安德烈打算另外再开一间大的作坊，还计划再雇一个助手。这是个好消息，我现在的活儿太多了，每天我都疲惫不堪，再添个人手，我可以稍微轻松点。“去了新作坊，你当大助手。”面包师对我许愿说，“我跟他们说说，把你的薪水提到十卢布。”

面包师当然很愿意我当大助手，他不爱干活，我愿意干，身体的疲倦可以忘却心情的烦躁，只不过这样我就没法读书了。

“你把书都扔了吧。”面包师说，“你是不是没做过梦？肯定做过的吧？可能你不愿意说。真好笑。说说梦没事儿，用不着担心……”

面包师说话的语气很和善，好像还带点敬意。估计他认为我是老板的心腹，当然这并不妨碍他天天偷面包。

老警察尼基弗里奇

我的外祖母去世了。

葬礼之后的第七个星期，表兄才在信中告诉我这个噩耗，信中他很简短地写道：外祖母在教堂门口乞讨时摔了下来，断了一条腿。到第八天就死去了。

我后来才知道，我的外祖母靠乞讨养活着我的表兄、表弟、表姐及她的孩子。但在外祖母生病时，他们居然没请医生来给她医治。信中还说：外祖母的葬礼上，一群乞丐也来给她送葬，外祖父也去了，他把他们全部赶走，自个儿在坟前哭得死去活来。

我得知这个消息时没有哭，只是打了一个冷颤。夜里，我坐在柴火堆旁，心中难受极了，我想找个人讲讲我的外祖母，她是那么善良，那么慈祥，就像全世界的妈妈一样。这个想找人倾诉

的愿望在我心中埋了很久，始终没有机会，就这样将它永远沉在心底了。

许多年之后，我在读契诃夫的一个描写马车夫的短篇小说时，又重新找回了那种心情。马车夫是那么的孤独，只好对着自己心爱的马儿诉说着儿子之死的悲惨情景。我的处境更加悲哀，我既没有马，也没有狗，有的只是身边的一群老鼠邻居，可我并不想向它们诉说什么。

这段时间，尼基弗里奇开始盯上我了。这位老警察身体健康、身材匀称，一头银灰色短发，大胡子修整得很好。他咂着嘴，像一只老鹰般盘旋在我的周围。

“听说你挺喜欢看书，是不是？”他追问我道，“你爱读哪类书？比如说是《圣徒传》还是《圣经》？”

“两本书我都读过。”

看来我的回答很出乎他的意料，他大吃一惊，看上去有些懵懂。

“真的？当然，读这些书很好，是合法的。你也读过托尔斯泰的作品吧？”

我确实看过托尔斯泰的书，看来不是警察们敏感的书。

“托尔斯泰的书和其他作家的作品没什么两样，不过，倒是听说他曾写过几本大逆不道的书，居然敢讽刺神父，哎，这本书

你倒可以看看。”

他说的这本书我早就读过了，非常枯燥乏味，当然我很清楚在这个问题上不必和警察争辩。

我已经好几次在大街上碰上他了，他和我边走边聊了一阵子，然后邀请我去他那儿坐坐：“到我的小派出所来吧，喝杯茶。”

很明显他是想从我这里打探点什么消息，我很明白他的用意，可我还是想去他那儿看看，我这个人对一切新奇的东西都感兴趣。和几个识大体的人商量之后，他们决定让我去，因为就算他的邀请是不怀好意的，我也不能逃避，否则的话就等于不打自招，加深他对面包店的怀疑。

就这样，我来到尼基弗里奇家里做客。在他的小房间里，一个壁炉就占去了近一半的地方，还有一张挂着花布的双人床，余下的空间里放着一个碗橱、一张桌子、两把椅子，窗子被他挡得严严实实的。

他的太太坐在我身边，她二十几岁，胸脯丰满，粉红色的脸上镶了一双阴险狡诈的灰蓝色眼睛，她讲话时特意翘起两片鲜红的唇，用抱怨似的语气说：“听说，我的干女儿常往你们那儿跑，这个下贱的丫头。”

“全世界的女人都一个德行，就是贱。”尼基弗里奇轻蔑地说。

老警察的话显然触怒了他的太太，她特地问道："全都是吗？"

"全都是。"尼基弗里奇坚定地答道，他胸前的奖章哗哗直响，就像马儿摇响身上的鞍辔一样。他喝口茶，又兴致勃勃地说："从最下等的妓女……到至高无上的女皇，所有的女人都是下贱的。示巴女王为了所罗门，不惜辛苦跋涉两千里沙漠，即便是叶卡捷琳娜女皇，虽称为大帝，可她也是一样不能脱俗……"

接着，老警察仔仔细细地讲述了一个宫廷烧茶炉的侍者因和女皇一夜风流而飞黄腾达的故事，这个侍者现在已经当上了将军。他的太太听得入了迷，不时地舔舔嘴唇，还用桌下的腿碰我的腿。

老警察人虽然老了，口齿却很流利，而且思维敏捷，说话也很逗人。我还没弄明白怎么回事呢，他的话题已经转到另一个问题了："就拿那个大学生古利来说吧。"

他太太不无遗憾地叹息一声，站起来说："可惜他不怎么漂亮，不过人倒蛮不错。"

"你说谁不错？"

"古利先生。"

"你叫他先生恐怕还为时过早吧。要叫也得等到他毕业呀，他现在不过是个普普通通的大学生而已。对了，你说他不错是

什么意思?”

“他很快活,有青春活力。”

“马戏团里的小丑也一样快活……”

“那不同,小丑是为了挣钱装成快活。”

“闭嘴!你记住,老狗也曾经有过年轻的时候……”

“小丑们就像猴子……”

“我刚才说让你闭嘴,你听见了吗?”

“听见了。”

“那不结了……”

说服了太太,老警察转过脸向我建议道:“我说,你应该认识一下古利,他挺有意思的。”

我猜他是在试探我,我敢肯定他一定在街上看见我和古利走在一起过。我别无选择,只好说:“我认识他。”

“你们早就认识?噢……”

他的表情好像很失望,身子突然抖动着,震得胸前的奖章又响了起来。我心里非常忧虑,因为我最清楚古利正在做什么——印传单。

他太太继续在桌子底下拿她的腿碰我的。她故意逗她的老丈夫,老警察像孔雀开屏似的滔滔不绝地炫耀他的能言善辩。这种情形下,我根本没法专心听他说话,不经意间,我发现他讲话的声音更加深沉动人了："这就像一张看不见的网，你明白吗？皇上就是织网的大蜘蛛……"他不无忧虑地瞪着两只圆眼睛对我说。

"哎呀！你瞧你说些什么呀！"他太太大惊小怪地喊叫道。

"你给我住嘴，蠢娘儿们！我这样说最形象生动，不是蓄意丑化。这个母马，去准备点心吧……"老警察眉间紧锁，眯起眼，继续他生动的讲话："这是一张看不见的网，网从沙皇的心里出发，通过各个环节：各部大臣、县长、各级官吏，直到我，甚至可以延伸到兵士头上。这一条条线，密密麻麻地包裹着，坚不可破，正是它维持着沙皇的统治。可是仍有一些被英国女王收买的波兰人、犹太人、俄罗斯人公然破坏这张网，还打着为人民的旗号。"

他隔着桌子朝我探过身来，压低声音带点恐吓地说："你应该清楚，我今天为什么和你说这些话。你的面包师傅对你挺满意，他说你诚实聪明，光棍一条。可是你的面包店里总是聚集着一群大学生，他们在安德烈的房间里整夜谈论。如果是单独一个大学生去，那可以理解，可是总有很多学生成群结队往那儿跑，那就不太对劲儿了。我可不敢说大学生什么，他们今天是个普通大学生，明天就可能当上检察官。大学生们是好人，就是太多事，再加上沙皇的政敌私下里鼓动他们，你明白了吗？我还有

话跟你说……”

正在这个时候，他家的房门被推开了，一个红鼻子小老头走了进来，老头儿的卷发用小皮条束着，手中提着瓶伏特加，可能喝醉了。

“咱们杀盘棋吧？”他借着酒劲兴致勃勃地说，看上去是个很有意思的人。

“这是我岳父。”老警察沮丧地向我介绍说。

我起身告辞。尼基弗里奇的妖艳太太送我出来关门时，捏了我一把，有点献媚地说：“您看那片云彩，像着火似的。”

天空晴朗，那片金色云朵，渐渐消散了。

虽然我不想故意惹我的老师们生气，但我还是不得不给老警察一个公正的评价：对当时国情的分析，真正鞭辟入里的，第一要数这位老警察了。他说得很好——一只大蜘蛛，通过无数条紧密纠缠和约束生活的无穷无尽的线，编织成一张无形的网。没过多久，我就发现许许多多各种各样的网了。

晚上面包店关门后，玛丽亚把我叫到了她的房间，她一本正经地告诉我：她奉命来了解我和警察的会谈情况。

我一五一十地向她讲述了整个过程，她听完后大吃一惊道：“天呵，我的上帝。”然后她就像只老鼠似的满地乱转，若有所思，“面包师没向你打听过什么吗？原来他的情人是老警察的亲戚！

得把他赶走!”

我站起来靠着门框,她的话激怒了我。她说“情人”这个词说得太顺溜太不负责了,还有就是她干吗要赶走面包师?

“以后您要多加小心。”她说话的方式和往常一样,我的感觉也没有改变,在她面前我永远都那么狼狈,那么尴尬。此时玛丽亚背着手站在我面前说:“您怎么老是那么忧郁?”

“我外祖母刚刚去世了。”

她对这件事好像感了兴趣,于是面带微笑地说:“您爱她?”

“当然。您不问别的了吧?”

“不问了。”

我转头离开了。

从那以后,大家决定让大学生们少到面包店来。可是大学生们不来,我的问题就没人解答了,我只好把有关的问题记在笔记本上,等有机会的时候再向他们一起请教。

有一次,我累坏了,写着写着就枕在笔记本上睡着了。面包师偷看了我的笔记本,然后叫醒了我:“喂,你写的什么呀?加里波第为什么不驱逐皇上,加里波第是谁?他怎么敢驱逐皇上呢?”

他愤愤地把笔记本扔到面粉橱上,就钻到炉坑烘烤面包去了,在那儿他还喋喋不休道:“你说你要驱逐皇帝陛下,真可笑!

最好赶紧丢掉这个念头，你这个书呆子！我记得五年前在萨拉托夫，宪兵们捉了许多你们这种书呆子，就像逮老鼠似的，哎！你还不知道吧，尼基弗里奇早就盯上你了，你以为驱逐皇上就像赶只鸽子那么容易吗？”

他好心好意劝了我半天，我却不能正面回答他，因为店里有规定，不让我和面包师谈任何危险的话题。

当时有一本小册子在全城流传，读过小册子的人们都在纷纷讨论。我让拉甫洛夫帮忙找一本来看看，他没有找到，不过听说有个地方近日要宣讲这本小册子，于是决定到时候带我一起去听听。

那是圣母升天之夜，我和拉甫洛夫相隔五十丈远的，一前一后行走在昏暗的大地上。尽管旷野里一个人影也没有，但我仍然按照拉甫洛夫说的，时刻提高警惕，一边走一边吹口哨，唱着小曲，俨然一副喝醉酒的工人模样。昏暗寂静的旷野上，黑色的云朵缓缓掠过大地上空，金黄色的月亮在云间时隐时现，水洼地闪动着银灰色和铁蓝色的光，不时发出沉沉低吼的喀山城被我甩在身后了。

拉甫洛夫在神学院后边果树园的栅栏边停了下来，我赶上去，越过栅栏，穿过杂草丛生的果园。树枝上有露水，一碰就落

下来，打湿了衣服。我们来到一幢房子的墙边，轻轻敲了敲窗板，一个络腮胡打开窗板，里面黑漆漆的，什么声音也没有。

“谁?”

“从亚柯夫那儿来的。”

“进来吧。”

进了屋子我才发觉，这个黑洞洞的房间里挤满了人，可以听到衣服的摩擦声，人们的轻咳和议论声，就跟地狱差不多，有人划了一根火柴照照我的脸，一下子有许多黑影投在地板上。

“人都到齐了吗?”

“都到齐了。”

“挂好窗帘，别让灯光漏出去。”

这时，我听到有人愤怒地喊道:“谁这么自以为是，把我们带到这个多少万年没人住的房子里开会?”

“小点儿声。”

屋角亮起一盏灯，房间里空空荡荡，只有一条木板架在两个箱子上，上面坐了五个人，小台灯放在一个倒置的箱子上，墙角坐了三个人，窗台上也坐着一个，这人长发，脸色苍白而瘦弱，除了他和前面打开窗板的络腮胡子之外，其他人我都认得。

络腮胡子低声说，他下面就给大家读那本小册子，它是脱离民主党的普列汉诺夫撰写的文章，名为《我们的分歧》。

有人气鼓鼓地叫道:“这我们早知道了。”

我喜欢这种秘密的场面,它让我兴奋不已,神秘的诗就是最好的诗。我感觉自个儿仿佛成了做祈祷的教徒,还联想到古罗马时代教徒们在地下室里秘密祈祷的场景。屋子里一直充满了人们的低语声,但还是听得很清楚。

“别吵了。”屋子里不知是谁气愤地吼了一句。

在黑暗的房间里,朦朦胧胧的有什么东西在反光,可能是件铜器,也许是罗马时代骑士们戴的盔甲,我估摸着是炉子通风门上的把手。

房间里纷乱的嘈杂声和朗读声混在一起,也搞不清人们在谈论什么,突然从我头上响起一个嘲讽的声音:“咱们还听不听了?”

那个脸色苍白的长发青年开口了。这句话效果不错,屋子里顿时安静下来,只剩下孤零零的朗读声了。屋子里有许多红红的火光在闪动,映出后面一张张深思的面孔,有人大睁着眼,有人使劲儿眯着眼,屋子里乌烟瘴气,烟雾弥漫。

文章太长了,就连我都感到厌烦了。

朗读声戛然而止,屋子里立刻响起了一声愤怒的喊叫:“叛徒!”

“胡说八道!”

“这分明是在亵渎英雄的鲜血!”

“这是在喀涅拉罗夫和乌里扬诺夫牺牲之后……”

那个苍白的青年又发话了:“先生们,可不可以用正常的言词来反驳而不是咒骂呢?”

我向来讨厌人们争论不休,也不喜欢听,再说要想辩论出个所以然来也十分不易,再加上辩论者自视清高的傲气劲儿,也让人看了怪难受的。

长发青年从窗台上俯身对我说:“我是弗得塞也夫,我们认识一下好吗?说实话,这里再待下去也没什么意思,我们离开这儿如何?”

我早就听过这个名字,他是个沉稳庄重的小组头儿,我十分喜欢他苍白而生动的脸和那双深不可测的眼睛。

我们边走边谈,他问了我很多事情:有什么工人朋友?读什么书?空余时间多不多?然后他问道:“我知道你们那个面包店,不过我感到奇怪的是,您怎么浪费大好时光去干那些毫无意义的事情呢?”

我跟他说我自个儿也认为自己这样做一无所获,他十分满意我的回答,一面紧握我的手,一面发出洪亮的笑声。他告诉我他马上要离开这儿一段时间,等他回来再设法和我见面。

面包店的生意越来越红火，我自个儿的事情却乱成了一团，新作坊开张后，我的工作量反而更重了。我里里外外的事都得做，除了作坊里的活儿，还要往外送面包，送到私人住宅、神学院或是贵族女子寄宿学校去。

在女子学校里，那些女学生们常常趁挑面包的机会，把小纸条塞给我，在那些美丽的信笺上居然写着无耻的词句，尽管字写得很幼稚，但思想似乎已经“成熟”了。

每当那群欢快漂亮的贵族小姐们伸着粉红色小手围着我的面包篮转的时候，我就想：到底是哪几位小姐写下这样的信笺呢？她们真的不懂自己写的是什么吗？

有一天，一位女学生拦住我，她十分紧张地轻声说：“劳驾你把这封信按上面的地址送去，我会给你十戈比。”

她的眼里含着泪，紧咬嘴唇，脸和耳朵都红了。看到她这副样子，我大方地接过信封，没要她的十戈比，把信送给了高等法院里一位法官的儿子，他脸上有红潮，一看就知道是害肺病的。

这个身材高大的大学生接过信，打算给我五十戈比的报酬。他仔细地数着钱币，我告诉他我不收钱，他把钱币放回裤兜时，一不小心就哗啦啦散落了一地。

他不知所措地看着五戈比、七戈比的铜币在地上翻滚，使劲地搓着双手，指节啪啪直响，然后艰难地咕哝了一句：“怎么办

呀。就这样吧。再见了。我得考虑考虑……”

我不知道他考虑出了什么结果，只是觉得那个女学生很可怜。没过多久她就失踪了。十五年后，我又遇见了她，她在克里木当中学老师，得了肺结核，一谈到社会人生就忍不住地悲愤和心酸。

现在，来看看我的工作表排得有多满吧：送完面包睡觉，晚上到作坊帮着烤面包，半夜里要烤好，送到面包店里卖。我们的新面包店开在一个剧院旁边，夜场的观众经常会到店里吃热乎乎的面包圈。除此之外，我还得揉按斤卖的面包和法式面包的面团，这可是五六十斤重的大面团，干起来非常累。再休息两三个小时之后，又要开始送面包。

日子就这样一天天过去了。

好在这段时间我对社会工作充满了热忱，我非常渴望向周围的人们传播一种永恒、美好的东西，我天生喜欢和人打交道，很会讲故事，尤其擅长把书里的知识和自个儿的亲身经历结合起来，编成很有趣的故事，自然我的故事里也藏着那许许多多“看不见的线”。

我认识了许多工人，还和织布老工人鲁伯佐夫交上了朋友，他几乎走遍了全俄国的织布工厂，性格开朗，很有想法。

“我已经在世上混了五十七年了，我的小流浪儿，我的孩

子。"他说话的声音瓮声瓮气的。

这个老头戴着一副很特别的黑眼镜，是他自个儿做的，他用铜丝把有关部位联结起来，因而鼻梁上和耳朵后都染上了铜垢。他的胡子也很特别，像德国人似的留下嘴唇上的一撮儿和嘴唇下的一块灰白胡须，所以人们称他是"德国佬"。他身材适中，胸脯宽阔，总是面带艰辛的笑容。

"我最喜欢去看马戏，"他摇晃着光头说，"马本来是个牲口，你说它是怎么训练的呢？真让人羡慕。所以说，人也可以训练得聪明起来，马戏团里的牲口是用食物训练出来的，而人需要的是善心，而不是从杂货铺里买来的东西。这个意思就是对人要充满善心，我的小伙子，不要动不动就想举棒打人，你说是不是？"

不过他自个儿对别人并不好，这些话纯粹是说给别人听的。他和别人争起来时，总是一副粗暴蛮横、盛气凌人的样子，即使平时和人说话也是常带嘲讽的笑容。

我们的相识还有一段故事：有一天我来到一家啤酒店，看见他被一群人围攻，而且已经挨了几拳，我冲过去劝开了他们。

"您怎么样？"秋风悲凉的夜晚，我们在夜路上走着。

"呸！这算得了什么？"他毫不在乎地说，"哎！你和我说话干吗老是您您的这么客气？"

从那以后我们就成了朋友。一开始他还经常嘲讽我讥笑我，可是听了我讲的“看不见的网”，他一反常态，认真地说：“你真的不笨，一点儿也不笨，对不对？”他对我真有点父亲的味道，而且他叫我时口气也像个父亲。

“我的孩子，你的观点是正确的，可是没人相信你……”

“您信吗？”

“我？我和别人不同。我没有家，就像一条秃尾巴狗，而其他人却是戴着镣铐的看家狗。他们的尾巴又长又重，老婆孩子啦，手风琴啦，棉鞋啦这些鸡毛蒜皮琐琐碎碎的东西，看家狗迷恋着自个儿的狗窝，他们才不会信你呢。那次我们在莫列佐夫工厂暴动时就是这样，出头的椽子先烂，脑门儿可不同于屁股，一旦烂了可就完了。”

后来认识了钳工亚柯夫之后，他的这种观点就变了。亚柯夫身患肺病，会弹六弦琴，精通《圣经》，强烈地反对上帝。亚柯夫经常一边往地上吐着带血的痰，一边狂热地说：“上帝根本就是不存在的，首先，我这个人就不是按上帝的形象造的。论聪明，我一无所知，论力气，我也一无所能，况且我一点儿也不仁慈，一点也不！其次，上帝根本不知道我生活有多艰难，要不就是他知道了却不肯帮忙；最后，上帝并不是全知全能的，而且，根本就不仁慈，让我说，上帝压根就不存在！上帝压根就不存在！

纯粹是人们自己捏造出来欺骗自己的！我们的一切生活都是欺骗！"

鲁伯佐夫听得惊呆了，他脸色铁青，到最后就破口大骂起来。亚柯夫不慌不忙地引经据典，说得鲁伯佐夫哑口无言。

亚柯夫说话的样子十分可怕，尤其那双眼睛凶光毕露，就像躁狂症病人的眼光，他的头发非常黑，脸又瘦又黑，发青的嘴唇里闪动着狼牙，说起话来，黑眼睛就死死地盯住对方的脸，那副气势汹汹的样子真是让人受不了。

告别亚柯夫后，鲁伯佐夫沉重地说："世界上所有的话我都见识过，就是没听过这种话，居然在我面前诬蔑上帝。这个人活不了多久了，真是个可怜人，他快把自己害死了。……挺有意思，是不是？老弟。"

可是事情却发生了戏剧性的变化，没过几天，他就和亚柯夫打得火热，他快活极了，一个劲儿地用手擦他的坏眼。

他笑哈哈地说："喂！这就是说，罢了上帝的职！哈哈！我亲爱的小钉子。至于沙皇吗？他不妨事。依我看，问题不在沙皇，而在老板身上。我才不管是谁当沙皇呢，谁当都成，只管坐下来统治吧！请便！我只要有惩治老板的权力就够了！来来来，让我用一条结实的金链子把你绑在皇帝的宝座上，我要像朝拜沙皇一样朝拜你……"

鲁伯佐夫看完《沙皇就是饥饿》这本小册子之后，对我说："这书中写的没错。"

他第一次看这种石印小册书，俏皮地说："喂，这书是谁给你写的？写得清楚极了。麻烦你告诉他一声，我谢谢他了。"

他对知识的渴求到了贪得无厌的地步，他十分投入地听亚柯夫亵渎上帝，一连几个小时听我讲书的故事，时常被逗得前仰后合，并连声地称赞："人真是有灵气呀。"

他因为有眼病，自己读书很困难，可这似乎不影响他见多识广，他的博学经常让我吃惊不已，记得有一回他说："德国有个绝顶聪明的木匠被国王任命为参议员了。"

我追问下去，才弄清楚他说的是倍倍尔。

"您从哪儿知道这事儿的？"

"知道就是知道。"他随口一说，手指头摸着那个崎岖不平的秃壳。

亚柯夫呢，他对周围的现实生活漠不关心，就跟上帝较上劲儿了，一门心思地要消灭上帝，讥讽神父，总是摆出一副反叛者的形象。他尤其痛恨修士。

有一次鲁伯佐夫平声静气地问他："喂，你是不是就会咒骂上帝呀？"

这下可捅了马蜂窝，亚柯夫发狠似的狂叫道："就是这个上

帝！我恨他！他让我崇拜了二十年，我谨小慎微、担惊受怕、缩手缩脚地度日，因为上帝说凡事不可辩驳，一切由上帝做主，结果呢，我一无所获，我活得痛苦、压抑、没有自由。当我仔细读了《圣经》，我才恍然大悟，这套把戏全是凭空捏造的，骗人的！根本就没有什么上帝！”

他气愤地挥动着一只胳膊，好像要挣脱什么，说话的声音差不多成了哭腔。

“都是因为这个，我年纪轻轻就快死了。”

这段时间我还认识了几个有意思的人，我常常顺便跑回塞米诺夫面包坊看看我的老伙计们。他们都欢迎我去，喜欢听我讲故事，可惜鲁伯佐夫住在海军村，亚柯夫又住在鞑靼区，相距五里之遥，我很少能看到他们。他们也不能来看我，因为我没有地方可以招待他们。

还有一个重要原因就是，新来的面包师是个退伍兵，和宪兵们很熟，再加上宪兵司令部的后院就在面包店的院子旁，那些飞扬跋扈的宪兵们经常会翻墙过来买面包。再说也已经有人警告过我了，不要太出“风头”，以免引起有关方面对面包坊的过分注意。

我的工作越来越没劲了，面包店也快经营不下去了。最近常常发生些可气的事情。有些人很不自觉，经常随便拿走柜子

里的钱,有时候弄到没钱买面粉的份上了。

安德烈揪着那缕儿可怜的小胡须,无可奈何地说:“完了,我们快破产了。”他自己的生活也变得很糟。他爱上了邻居家红头发的娜斯佳,现在娜斯佳怀孕了,脾气很不好,整天像一头野猫一样撞来撞去,那双绿眼睛里充满了怨气。此时的安德烈只好抱歉地微笑着给她让开路,望着她的背影摇一摇头。

安德烈也向我诉过苦:“这些人也是有点不像话。太随便了,没有不拿的东西,我买的半打袜子就一天工夫就全拿没了。”

他的家庭也遭遇了不幸,父亲因为怕死后入地狱,患了抑郁症;小弟弟整天喝酒玩女人;妹妹玛丽亚变得冷若冰霜,看来她和红头发大学生的恋爱没什么好结果。我经常看见她哭得通红的双眼,心中对那个大学生更加厌恶了。

安德烈的事业也很难支撑下去了,从袜子这件小事就可以看出,大家是多么不体谅他呀。这个善良的人努力想做一件有意义的事情,可是太艰难了,他周围那些得到救助的人们不但不关心他的事业,反而去破坏它。安德烈别无所求,他只希望大家能够友善地对待他和他的事业。这个可怜的善人呀。

我觉得我喜欢上玛丽亚了,也喜欢面包店女店员娜捷什塔,她是一个胖胖的红脸姑娘,有着健康的肤色和妩媚的笑容。

不管怎么说,我想恋爱了。

我渴望女性的温情，哪怕仅仅只是友谊的关心也行。我渴望向人倾诉我自个儿的心事，我太需要有人帮我理清纷乱的思绪了。

直到现在，我还没有真正意义上的朋友。那些个把我看成“璞玉”的人们，并不能触动我的心灵，我不会对他们倾诉衷肠。要是我讲了他们不感兴趣的话题，他们立刻就会阻止我：“嘿，算了，算了，别往下讲了。”

我渴望着友谊，渴望着爱情。

朋 友 们

最近得到了一个坏消息：古利被捕入狱，被押往彼得堡的监狱去了。

这个消息是从老警察尼基弗里奇那儿得知的。那天早晨，我们在街上相遇，他还是一副老样子，胸前挂满奖章，庄严的神情就像刚刚走出阅兵场，见了我敬个礼就走了。没走出几步，他主动停下来，愤怒地冲我吼道："昨晚古利被抓了……"说着，他又摆摆手，转过头去小声说，"这孩子完了。"

我看到他狡诈的眼睛里好像闪动着泪花。

古利早就知道自己会有这么一天，为了不连累我们，他还不让我和鲁伯佐夫去找他，他和鲁伯佐夫就像和我的关系一样亲近。

尼基弗里奇低头望着自个儿的脚，郁郁寡欢地说："你怎么不去看我……”

晚上我来到他家，他刚刚睡醒，正靠在床上喝酒，他的太太一个人坐在窗口给他缝裤子。

老警察搔着胸前的长毛，若有所思地瞧着我说：“是这么回事，逮捕他，是因为在他那里搜到了一口熬颜料的锅，你知道他是打算印反动传单用的。”

他吐了一口痰，没好气地冲着他太太喊道：“给我裤子。”

“马上就好。”她头也不抬地应着。

“她心疼，还哭呢，连我都可怜他，可是，大学生怎么可以叛逆沙皇呢？”他一面穿衣服，一面吩咐太太，“我出去一会儿……你烧茶，听见了吗？你！”

他年轻的太太仿佛对他的话无动于衷，只是呆呆地望着窗外，等丈夫走出房门，她迅速转身，握起拳头朝门打去，咬牙切齿地骂道：“呸！人面兽心的老东西！”

她抬起头，这时我才看清楚，她的脸已经哭肿了，左眼有一道伤痕，眼睛差不多睁不开了。她在壁炉前准备茶炊，愤怒地咕哝着：“我非得骗惨了他不可，我要让他痛哭！你千万别相信他！他嘴里没有一句实话。他想抓你。他就会假慈悲，他才不会可怜谁呢。你的事情他全知道，他就是靠这一行吃饭的。他一门心思就想抓人……”

她靠近我，乞求道："亲亲我好吗？"

我本来很讨厌她，可是看着她那双充满仇恨的眼睛，忍不住拥抱了她，甚至还摸了摸她油腻的乱发。

"最近他又发现了哪些目标？"

"住在雷伯内斯卡娅旅馆的那些人。"

"你知道他们是谁吗？"

她笑了起来："你看你，要是我跟他说你问我这些事了，天啊！他回来了……古利就是他发现的……"她赶紧跑到壁炉前面。

老警察满载而归，带回来一瓶伏特加，还有果酱和面包。

我享受着贵宾待遇，他太太和我并排坐下，她殷勤地招待我，还用那只没有受伤的眼睛望着我。老警察开始教导我了："这条看不见的线，已经深入到人们的心里，深入到人们的骨髓中了，你要斩断它是不可能的！沙皇就是上帝！他主宰一切！"

说着说着，他突然问道："对了，你读过很多书，《新约》四福音书都读过吧，你觉得里面写的都对吗？"

"我看不懂。"

"让我说，那上面有很多废话。比方说，书上写穷人是有福的，这简直是胡说八道，穷人怎么会有福呢。有关穷人的话，真叫人难以理解。依我看，应该把生来就穷和中途败落变穷的人分开来谈。生来就穷的人肯定是坏人，中途败落变穷的人有可能是不幸，我们要这样看问题才对。”

“为什么?”

他用探究的眼光默默打量着我，接着就郑重地讲出他的想法，很明显，这些想法都是经过他深思熟虑的。

“福音书上有很多怜悯穷人的话，怜悯却是有害的东西。我觉得，花费那么多的人力、物力去帮助穷人或残疾人真是浪费，办什么收容所、养老院、监狱、精神病院呀！钱应该用在健康的人们身上，让他们更有可能有所作为。穷人、病人并不因帮助就变得健壮起来，倒是健康的人反而被拖垮了，穷人骑在健康的人身上。这个问题值得探讨，许多问题都需要重新思考。福音书和我们的现实生活相去太遥远了，生活有它自己的轨道。古利为什么会完蛋？他就是死于怜悯，因为怜悯穷人和受苦受难的人们，而葬送了大学生的性命。这还有没有天理?”

从这个老警察嘴里听到这样胆大包天的话，真是让人吃惊。以前我也听到过类似的想法，但却没有尼基弗里奇讲的这样赤裸裸。而这种思想的生命力这样强，流传这么广，也是出乎我的意料之外。

几年后我读尼采时，又想起了这一幕。有一点我需要说明的：我从书里获得的知识，差不多都是我在现实生活中听到

过的。

以“逮人”为生的老头就这样滔滔不绝地谈着，还用手指敲击着茶盘，一脸的冷酷无情。

“哎。你该走了。”年轻的太太已经提醒他两回了，他根本就不理会，而是顺着自个儿的思路继续说。

不知不觉中，他的话锋一转：“小伙子，你一不傻，二又识文断字，怎么就一辈子非得当个面包师呢。如果你肯为沙皇效力，就可以赚很多钱……”

我表面上在听他讲话，心里却在琢磨怎么把信儿传递给雷伯内斯卡娅旅馆的人们，告诉他们处境危险。我知道在那儿住着一个刚刚从流放地回来的人，他叫谢尔盖·索莫夫，我听说过许多关于他的有趣故事。

“聪明人应该像蜂房里的蜜蜂一样团结一心，沙皇……”

“你看看都九点了。”他太太催促道。

“这下可坏事了。”老警察一边站起来，一边系扣子。“噢，没关系，我坐马车去。我说老弟，再见了。欢迎你来做客……”

我走出派出所就下定决心，以后再也不踏进这个门槛了。虽然这个老头对一些问题的看法很有见地，可我还是从心底里厌恶他，也许就因为他是个警察。

有关怜悯的问题是当时人们争论的焦点，有一个人的见解强烈地震撼了我。

这是一个“托尔斯泰主义者”，我是第一次见识这种人。

他身材高大魁梧，紫红色的脸膛，黑色山羊胡，黑人似的厚嘴唇。目光犀利，似乎充满了仇恨。

我们这次见面是在一个教授家里举办的小型聚会上，有许多年轻人参加，其中有一个举止斯文、身材瘦小的神学研究生，他黑色的法衣更加映衬出苍白俊秀的脸庞，那双眼睛里闪动着脱俗的微笑。

托尔斯泰主义者开始发表他的长篇大论，宣讲福音书中的伟大真理，他很注重演讲技巧，声音虽略带沙哑，但铿锵有力，言简意赅，有一种威慑力，尤其讲话过程中他那左挥右砍的手臂，更是富于感染力。

“真是个戏子。”我旁边的角落里人们纷纷议论着。

“没错，就是在演戏……”

我猛地想起这个托尔斯泰主义者像什么了。前段时间我刚刚看了一本书，是德雷波尔写的，有关天主教如何反科学的。我觉得这个托尔斯泰主义者就像那些天主教教士，他们相信爱的力量可以拯救世界，他们为了对人类慈爱，就打算把人都毁灭掉。

托尔斯泰主义者的穿着比较独特，里面的衣服肥肥大大，外面却是件破旧的灰色长衫。在结束讲话时他突然提高嗓门喊道："请问，你们是赞成基督呢，还是赞成达尔文？"

一石激起千层浪，姑娘和小伙子们惊讶地望着他。显然，他的话打动了所有人。然后大家都低下头，思考这个严肃的问题。

人们的沉默仿佛激起了他的愤怒，他环顾四周，继续说："没有人可以把这个矛盾体统一起来，除了虚伪的法利赛人，这种人是卑鄙无耻的……"

这时，小神父从座位上站起来，他挽起袖口，带着不友善的微笑，伶牙俐齿地开了口："这么说，诸位居然同意他对法利赛人的恶毒攻击了？我说他的看法不仅粗暴，而且简直是荒谬……"

小神父的观点让我很震惊，他说法利赛人才是真正继承犹太人传统的一支，还说犹太人站在法利赛人一边反对他们共同的敌人："你们最好是看看约瑟福斯的书。"

托尔斯泰主义者早已气急败坏，他跳起身，像是要砍断约瑟福斯的头似的，大喊道："听听！人民一直受蒙蔽、受欺瞒，到今天他们仍跟着敌人反对自己的朋友，多么令人痛心呀！你跟我提约瑟福斯干吗？"

会场上一片混乱，小神父和其他人把争论的主题扯得支离破碎，发言已经失去了中心。

“真理就是——爱。”托尔斯泰主义者大声叫喊着，目光中流露出憎恨和轻蔑。

我被这种热烈的争论弄得头昏眼花，无论如何也抓不住真正的要点，我甚至觉得脚下的土地都被他们争辩得晃荡起来了。我绝望地想：哎，我大概是世界上最愚蠢的人了！

托尔斯泰主义者早就争论得脸红脖子粗了，汗水直往下流，他咆哮着：“丢开福音书！别再编造谎言了！回去把基督再钉上十字架吧！只有这样才是心诚！”

我的心中有疑问：人该如何既生活下去又充满爱心呢？既然生活是为了幸福而斗争，而爱心又怎么会是斗争的结果呢？

我打听到托尔斯泰主义者的姓名和住处，第二天晚上就去拜访。他叫克罗波斯基，住在本城一个地主家，我去时，他正和地主家的两位姑娘坐在花园的菩提树下。他的模样和我脑海中的游方僧、传道士形象完全吻合：白衣、白裤，衬衫扣子没系，露出大把大把的胸毛，身材高大瘦削，颧骨很高。

他吃东西的样子十分不雅，一面用银勺子舀莓子和牛奶，一面翻动两片厚嘴唇咂磨一下滋味，每次咽一口，就从他那撮胡子上吹掉白色的牛奶汁，一个姑娘在旁边侍候他，另一个靠在菩提树上，双手抱着夹子，仰望着昏暗的天空，仿佛充满了某种美好

的憧憬。两位姑娘都穿紫丁香色的衣服，长得很像。

他对我侃侃而谈，亲切地向我讲述爱的理论，他说人应该培养和发掘人类灵魂深处的高尚情操——世界意识和博爱精神。

“只有这种神圣的情感才能把人的心连在一起。没有爱，不会爱，就不懂得生活。那些人说生活就是斗争，纯粹是胡说八道，他们注定要灭亡。记住！火不能灭火，同样道理，丑恶不能剔除丑恶。”

我们聊得很愉快。可是当两位姑娘返回房间去后，他好像有点儿不耐烦了，一边眯着眼睛盯着两位姑娘的背影，一面问：“你是干什么的？”

听我说完，他用手指敲击着桌面，又开始教训我：人无论走到哪儿还是人，无需拼命去改变自己在生活中的位置，应该把全部的精力用在提高博爱精神上。

“人的社会地位越低下，就越接近真理，越接近生活的最高智慧……”我甚至怀疑他自个儿都不知道在说什么，可我什么话也没说，我明显感到他讲话的兴致随着两位姑娘的离去而一落千丈，眼里也透出厌倦的神情，一再呵欠、伸懒腰忙个不停，耷拉着眼皮半梦半醒地呓语着：“服从爱的力量……是生活的法则……”突然他全身一哆嗦，两手往上一扬，像是从空中抓取什么东西，两眼吃惊地凝视着我：“这是怎么回事？我累了，请原谅!”

说完他垂下眼皮,一脸的倦容,还龇牙咧嘴个不停,像是浑身痛得难受。

从他那儿出来,我对他充满了厌恶,他整天宣扬爱的理论,我看他完全是说给别人听的,自己分明对人就没有一丝的爱心。

几天后我给一个教授送面包时,又碰见了克罗波斯基。他看上去非常疲惫,一脸沮丧,眼睛红肿,也许是喝多了。

他和教授正在演出一幕闹剧:肥头大耳的教授喝得满脸是泪,衣冠不整,手中抱着六弦琴坐在地板上,身边摆着些乱七八糟的家具、啤酒瓶和脱掉的外衣。他坐在那儿摇摇晃晃大声嚷嚷着:“仁……仁爱……”

克罗波斯基怒气冲天地说:“什么仁爱! 我们的路只有一条:死,我们不是在爱中溺死,就是在夺取爱的斗争中死去。反正都一样,我们是注定要死的……”

他揪住我的肩膀,把我拽进屋里,对教授说:“你问问他想要什么? 你问问他需要仁爱吗?”

教授抬起流着泪的双眼看了我一下,笑道:“他是卖面包的,他要的是面包钱。”

他转过身子,从衣服口袋里拿出钥匙递给我:“哎,把钱全拿走吧。”

我还没接过钥匙，就让克罗波斯基劈手夺过去了，他朝我摆摆手："你走吧。回头再来拿钱。"

他将面包扔到墙角处的躺椅上了。

幸亏他没有认出我，要不我反倒难堪。我出去的时候，心里想着他那句在爱中溺死的话，对他更加厌恶了。

后来我听说，他一天之内向两位姑娘求了爱，当姐妹俩交流这一甜蜜的消息时，发现他是个感情骗子，于是主人下了逐客令，这个人就此在喀山城消失了。

关于爱存在的意义一直是困扰我的难题，最终我才算弄清我要问的题目是什么："爱到底有什么作用？"

我从书本中看到的以及与周围进步人士交往获得的，和真正更现实的生活是多么不同呀。

一方面是关于人类要相互友好、仁爱的教育，另一方面却是为了一点点个人利益而争得头破血流，在我面前展示的都是自私、凶残的人类本性。

在现实生活的浩荡洪流之中，那些我所尊敬的知识分子们是多么的曲高和寡呀。社会中的大多数人遵循着另一套生活准则，他们卑贱、贪婪、自私、狭隘，在这个大军面前，知识分子的力量太渺小，太不堪一击了。他们的努力只能是徒劳。

现实生活让我感到窒息，我快要闷死了。什么博爱、仁慈，只是嘴上说的漂亮话而已。事实上，我自个儿也染上了一些社会恶习。

生活是多么的艰难呀。

一天，兽医拉甫洛夫上气不接下气地说："依我看，应该把人性中残酷的一面释放出来，直到人们对它感到厌倦为止，每个人都厌恶它，就像厌恶这个该死的秋天一样。"

那年秋天来得特别早，秋雨绵绵，气温急剧下降，瘟疫闯入了这个城市。自杀事件时有发生。拉甫洛夫因患水肿病自杀了。

兽医的房东梅德尼科夫在给他送葬时说了一句意味深长的话："给牲口治了一辈子病，自己却像牲口似的死了。"

梅德尼科夫开一家裁缝铺，是个性情极为随和的人，他面目清癯，可以全文背诵圣母赞美诗，不过他喜欢打老婆孩子：用系着三根皮条的鞭子抽打他才七岁的女儿和十一岁的儿子，还用竹竿打老婆的腿肚子。他还不服气地念叨："治安长官非说我的这套家法是从中国人那儿学的，真是冤枉啊！我这辈子就没见过一个中国人，只在画片上见过。"

裁缝铺里的工人对他这个老板的评价是这样的："我最怕的就是我们老板这种人。野蛮人至少一眼就看得出来，给人一点心理准备。可是表面上慈眉善目的人，看上去不露声色，像条打埋伏的青蛇，在你最无防备之时，冷不丁给你一口，太可怕

了……”

说这话的是个整日皱着眉的罗圈腿，外号叫做顿卡老翁，他自个儿就很会来事，既友善又圆滑，特别擅长拍马屁，哄老板喜欢。

他的话绝对可信。

说实在的，我不怎么敢恭维这群识时务之人，他们的适应能力很强，就像生长在石头上的苔藓一样，照旧可以开花结果。尤其是他们墙头草一般的圆滑和见风使舵的精神，让人不得不望尘莫及。

那次我从尼基弗里奇那儿出来时，也曾有过类似的想法。

十月天，秋风吼叫着，街上一派凄风苦雨，昏沉沉的天空仿佛颤抖着，我看到一个妓女拖着一个酒鬼在街上艰难地走着，妓女拽着他的胳膊，酒鬼的心境相当难过，嘴里咕哝几句就哭起来了，妓女疲惫地说：“哎，这是你的命……”

我自个儿又何尝不是如此呢。我觉得自己就像被什么人拖到了一个阴暗的角落，让我看够了世界的丑恶、伤心的事件。我受够了！

我当时想的就是这个意思，话可能不是很对。

就在这个悲凉之夜，我的思想发生了重大变化。我第一次感到精神厌倦，心情沮丧。也就是从这一天起，我觉得自己糟糕得很，开始轻视自己，并且用旁观者的眼光，甚至用敌意的眼光来看待自己了。

每个人都是一个矛盾综合体，无论语言还是行动，特别是感情上的矛盾，会使人陷入苦闷。我发现这种矛盾也在捉弄着我，让我更加烦恼。我对什么都充满兴趣，整天围着女人、书籍、工人或是大学生转来转去，可无论在哪一面我都不成功，一事无成。

亚柯夫病得更厉害了，我去看望他，但是晚了。医院里一个长着一对红耳朵的歪嘴胖护士冷漠地告诉我："他死了。"

见我傻愣愣地呆着不动，她就发怒了："嘿！你还要干什么呀！"

我也被惹恼了："你这个傻瓜！"

"尼古拉！快把他赶走！"

叫尼古拉的那个人正在擦一根铜棍子，听到命令后，他大叫一声，一棍子打在我的后背上，我冲上去抱住他，把他拖到医院大门口外的水坑里。他好像一点儿也不在意，老老实实在水坑里坐了片刻，才站起来叫着："呸！你这个疯狗！"

我没理他，径直来到捷尔查文公园，坐在诗人的铜像旁，一心想做件坏事，好让人们冲上来打我一顿，我也可以好好发泄一回。

可是没有机会，尽管今天是周日，公园里仍然空旷无人，甚至连个人影都找不见，只有怒吼的狂风扫着飘零的落叶，路灯杆

上的广告随风飞舞着。

黄昏时分，天空逐渐昏暗下来，风更大更凉了。我注视着诗人巨大的青铜像，心中暗想：亚柯夫死得多么可怜呀。一个无依无靠、无牵无挂的光棍汉，生前那么疯狂地反对上帝，死时和其他人并没有什么两样，一样的无声无息。我一边为他伤心，一边为他惋惜。

“尼古拉这个王八蛋，他本该和我好好地打上一架，要不他去叫警察把我抓起来也好呀……”

我去找鲁伯佐夫，他正在小桌旁补衣服。

“亚柯夫死了。”我悲伤地说。

老头举起手，开始发牢骚：“老弟呀，这就是咱们的命。咱们都快死了。亚柯夫死了，我们这儿一个光棍也要死了，他被宪兵逮起来了。他还是古利给我介绍的呢。人很聪明，和大学生们有来往。哎，你听说大学生闹学潮的事了吗？是不是真的？你给我缝一下吧。我真是老眼昏花了……”

他把衣服递给我，背着手走来走去，不时地咳嗽着，嘴里嘟嘟囔囔地埋怨：“不是在这儿，就是在那儿，刚有点儿亮光，就被扑灭了，往后日子又是昏昏沉沉的。这个可恶的城市！趁伏尔加河没有上冻，轮船还能开的时候，离开这个地方吧。”

他停下来，摸摸脑袋自言自语：“去哪儿呢？俄罗斯我差不多都走遍了，结果只是把自己累得要死。”

他吐口唾沫接着说：“哼！这算什么生活呀！活来活去也没活出点什么名堂来……”

他在门口站了一会儿，好像在倾听什么。然后大步走向我，在桌边坐下：“你听我说：亚柯夫花了一生的精力去反对上帝，让我说，上帝也好、沙皇也好，都不是好东西。但是要反对上帝和沙皇，老百姓们自个儿也得反省一下，改变自个儿卑琐的生活，这才是唯一的出路。可惜呵，我力不从心了，又老又病，不中用了。老弟，缝好了吗？谢谢……我们去馆子喝杯茶好吗？”

一路上，他搭着我的肩，在黑暗中深一脚浅一脚地前行，他低声说道：“记住，老弟。老百姓已经忍到头了，总有一天会爆发的，把这个世界砸烂，彻底改变我们无聊的生活。忍耐已经到了极限……”

走到半路上，我们正碰上一群水兵包车去妓院，而一群纺织工人们护住了妓院的大门。

“一到放假，这儿就有人打架。”鲁伯佐夫眉飞色舞地说。

他一看那些工人是他的老伙计们，就摘掉眼镜去参战了，一面鼓动性地叫喊：“我们要战斗到底！掐死这些癞蛤蟆！打死这群小鳟鱼！哈哈哈！”

看起来令人又惊奇又好笑，这个老头多么狂热多么有趣呀。

他冲入水兵队伍里，一边抵挡着雨点般的拳头，一边用肩膀把水兵撞得东倒西歪。

这场搏斗倒不如说是一场快乐的嬉戏，工人们毫不惧怕，他们信心十足，勇气十足，他们有的是力量。工人们被蜂拥而至的人群挤到大门上，门板发出吱吱呀呀的叫声，人们乱哄哄地喊着："打那个光头的军官。"

还有两个人爬上屋顶，在屋顶上欢快地唱起来：

我们不是小偷
不是强盗
我们是坐船打鱼的。

警笛嘟嘟嘟地响起来了，黑暗之中，到处闪动着警察制服上的铜扣，泥泞的土地上挤满了警察的皮鞋。

我们的渔网撒向岸边
去钓商店、货栈和仓库……

"住手！别打躺下的人了……"

"老爷子，当心呀！"

警察抓住了我和鲁伯佐夫等五个人，要把我们带去警察局，深秋的夜色中，俏皮的歌声在为我们送行：

哈哈，捕到四十条鱼

正够做件鱼皮衣

“伏尔加河上的人们多么好啊！”鲁伯佐夫称赞着，他情绪激昂，不停地擤鼻子、吐唾沫，还低声提醒我：“你快逃吧，一找到机会就逃！你干吗要往警察局里钻呢？”

我瞅准机会，跳过一道道矮墙，甩掉了高个水兵，逃掉了。可是从那以后，我就再也没见过这个活泼可爱的老头了。

朋友们一个个离我而去，我的生活更加空虚无聊了。

大学生们真的开始闹学潮了，可是我既不明白学潮的动机，也不理解学潮的意义，只看到他们狂热地奔忙着，并没有意识到这场斗争的残酷与悲哀。

我最强烈的愿望就是像大学生一样享有读书的权利。如果现在允许我读书，就算代价是每周日必须在广场上挨顿揍，我想我也完全可以接受。

有一天我到塞米诺夫面包坊去，那里的工人居然想到学校

里去打学生们。

“咱们用秤砣打他们。”其中一个恶狠狠地说。

我极力阻止他们的行动，最后都要打起来了。可是我突然大吃一惊，因为我根本无心替大学生们辩护。

我垂头丧气地从面包坊的地下室走出来，伤心欲绝。

我苦闷到了极点，晚上来到河岸边，随手向水中投着石子，心里只翻腾着一个问题：“我该怎么办？”

没有答案。

为了减轻苦闷，我开始学拉提琴。于是每天夜里，更夫和老鼠不再有安生的日子过了。我非常喜爱音乐，所以学起来十分狂热，可是偏偏不该发生的事情发生了。

有一天晚上，我的在戏院乐队供职的提琴老师趁我出去的时候，私自打开我没上锁的钱匣，把钱装进他的口袋。偏偏就在这时，我回来了，他从容地把他刮得发青的脸伸到我面前，说：“打吧。”

泪水沿着他呆滞的脸颊流下来，他的嘴唇颤抖着。

我真想揍他一顿，怎么可以做出这等下贱事来！我强忍住怒火，把握紧的拳头放在身后，要他把钱放回去。临走时他突然高声叫道：“给我十个卢布吧？”

我把钱给了他，可是学琴的事也就此告吹了。

红景村的新世界

这一年的十二月，我决定自杀。

我在一篇小说中曾经想写清楚我自杀的原因。文章写得极不成功，事情倒是真的，但好像这些事情都与我无关。

我在市场上买了一把旧手枪，枪里装了四颗子弹。不过我的自杀居然和我的文章一样拙劣，那把旧手枪并没有击中我的心脏，而是穿过了另一个部位：肺。这样一来，仅仅一个月的工夫，我就羞惭地回到面包坊去工作了。

我干了没多久。在三月底的一天夜里，我见到了一个熟悉的身影，是霍霍尔。他在窗边坐着，嘴上吸着粗大的纸烟，眼睛望着面前的烟雾。

“您有空吗？”他开门见山地问，连客套话都没有。

“二十分钟吧。”

“那么,请坐。我们谈一谈。”

他还和以前一样,一副哥萨克人的打扮,耀眼的金黄色长须飘垂在宽阔的胸前,倔强的脑门上是剪短的头发,脚下那双农民靴子发出难闻的臭胶皮味。

“哎,您想不想到我那儿去?我现在住在红景村,沿着伏尔加河下去大约四十五俄里远的地方,我在那儿开了一家小杂货店,您可以帮我卖卖东西。放心,您有足够的时间看我的好书,我可以帮助您学习,您愿意吗?”

“好的。”

“真爽快。那么请您周五早上六点到库尔巴托夫码头,打听从红景村来的船,船主人叫瓦西里·潘可夫。嗨,其实用不着您费神,我会在那儿等候您的。再见!”

他迅速结束了我们的谈话,一面伸出大手和我告别,一面取出他那块银表说:“我和您只谈了六分钟。对了,我叫米哈依·安东罗夫。姓罗马斯。”

他迈开大步,甩着膀子,头也不回地走了。

两天之后,我就搭船前往红景村。

那时,伏尔加河刚刚解冻,浑浊的河面上飘着数不清的冰块,船在碎冰之中缓缓穿行。浪花随风旋舞,玻璃似的冰块反射着太阳的光芒。我们的船乘风而行,船上载着许多用木桶、袋子和箱子装着的货物。

船主潘可夫是个爱打扮的年轻农民，穿着一件羊皮短上衣，胸前绣着美丽的花纹。他看上去挺安静，眼神有点冷漠，不爱说话，又不大像农民，他的雇员库尔什金倒是个地道的农民。

库尔什金蓬头垢面，衣冠不整，穿着破旧的粗呢大衣，腰里系一根绳子，头顶破神父帽，满脸都是乌青块。他的撑船技术并不高明，一边用长篙拨着冰块，一边咒骂："一边去……往哪儿滚……"

我和罗马斯并肩坐在箱子上，他低声对我说："农民都痛恨我，特别是富农。我担心会连累你的。"

库尔什金放下长篙，扭过那张青一块紫一块的脸说："你说的没错，他们最恨你。神父也最烦你。"

"是这样。"潘可夫也来证实，"神父这个狗杂种，他简直把你当成了卡在他咽喉里的骨头。"

"是有许多人恨我，但也有许多人喜欢我，我相信您也会交上好朋友的。"罗马斯这么说。

三月天依然是春寒料峭，虽然阳光明媚，但并不暖和。河面上浮动的冰块像牧场上一群群的白羊，树枝还没有发芽的迹象，有些地方白雪仍未融化，我觉得自己就像在梦境里一般。

库尔什金一边装烟斗，一边发议论："虽然你不是他老婆，但是他既然当了神父，就应该按照《圣经》的训诫，对什么人都爱才

对呀。”

“你的脸是怎么回事?”罗马斯有点故意嘲讽似地问他。

“噢,流氓地痞们干的,反正就是那些恶棍呗,”库尔什金满不在乎地回答,然后又骄傲地说,“不,也不全是这么回事。有一次是炮兵们打的,打得好惨。我都奇怪我居然还活着。”

“为什么打你?”潘可夫问他。

“你指的哪一次?”

“啊?昨天又是为了什么呢?”

“我怎么知道为什么?我们那儿的人就这个脾气,为一丁点儿鸡毛蒜皮的小事,就像长角山羊一样顶起来了。打架是家常便饭。”

“我猜,你是祸从口出,你的嘴太碎了……”罗马斯说。

“就算是吧。我这人好奇,就是这一个毛病。总爱东打听西打听,一听到什么新闻,我打心眼里感到快活。”

这时船头猛地撞在了冰块上,差点把他摔下去,他急忙抓住长篙。

潘可夫说了他几句:“我说你,撑船小心点行不行?”

“那你别和我说话了,我可不能一心二用,一边说话一边工作……”库尔什金拨开冰块,咕哝着说。

两个人半开玩笑地争论起来。

罗马斯回过头来对我说:“这儿的土地没有乌克兰肥沃,人却比乌克兰好,都很能干!”

我认真地听他讲,我喜欢他沉稳的态度和流利的口齿,说话简明有力。我觉得这个人学识渊博,做事又有分寸。令我最高兴的是:他从来不问我为什么要自杀,要是换了别人,早就问了吧。我恨透了这个问题,因为我根本无从回答,就连我自己也不明白为什么要干这样的蠢事。我心里暗暗祈祷:罗马斯千万别问我呀,不然的话,让我怎么回答呢?我真不愿意想到这件事!看!美丽的伏尔加河是多么宽广,多么自由啊!

船靠右行驶,左岸的河面一下子变得宽阔起来,河水浸到长草的沙岸上了。春汛已经开始了,看着河水的起伏,波浪的翻涌,真是舒服极了。

晴朗的天空下,几只黄嘴鸦披着黝亮的羽毛忙着筑巢,有的地方已经钻出了嫩嫩的绿草。空气微微有点寒意,但我的心却是暖融融的,就像春天的土地孕育着新的希望。春天真是令人陶醉啊!

中午,我们来到了红景村。这是一个美丽的村庄,以前我坐船经过这里时,就贪婪地大饱过眼福。

红景村的最高处,是建在一座陡峭高山上的一座蓝色圆顶教堂,从教堂沿着山坡往下走,是连绵不绝的一幢幢漂亮坚固的

小木屋。黄色的屋顶在阳光下熠熠生辉，好一派田园风光。

船靠了岸，我们开始卸货，罗马斯从船上把货袋递给我时说道："您力气不小啊！"

然后，他又不经意地问："胸口还疼吗？"

"一点也不疼了。"

他这样细腻体贴的关怀真让我感激万分，因为我是多么不愿意这些农民知道我曾经自杀过呀。

"你的劲真是大得过分呀。"库尔什金快言快语地插嘴道，"年轻人，你是哪个省的？是下戈罗德的？人们都笑你们是靠水为生的，还有一句话说得好：你看今天水鸥往哪儿飞。这也是说你们的。"

一个瘦高个的农民从山上走来，他赤着脚，只穿着衬衫衬裤，卷胡子，一头浓密的红发，在一条条银光闪闪的溪水间，他踏着松软的土地，大步流星地往下走。

快靠近岸边时，他热情地大声喊道："欢迎你们！"

他看看四周，拾起两根木棍，一头搭在船舷上，然后轻轻一跃，跳上船来。他对我们说："踏牢木棍，别让木棍滑下去，再用手去接桶。哎。年轻人，来帮个忙。"

这是个挺漂亮的男人，红脸膛，高鼻梁，海蓝色的双眸，力气也不小。

“伊佐尔特！当心别着凉。”罗马斯关切地说。

“我？没事儿。”

油桶滚上了岸，伊佐尔特上上下下打量我一番道：“你来当售货员？”

“你们打一场吧。”库尔什金建议道。

“哈。你怎么又受伤了？”

“没法子呵。”

“谁打的？”

“打人的小子们……”

“哎，真拿你没办法。”伊佐尔特叹了口气，对罗马斯说，“大车马上就到，我老远就望见你们了，你们的船划得棒极了，你们先回去吧，这里我来看着。”

看得出来，伊佐尔特对罗马斯非常关心，虽然他看上去要比罗马斯小十岁，但这似乎并不妨碍他以保护人的姿态出现。

半小时后，我已经走进一家干净温暖的新房子里了，房间里还散发着木屑的气味。罗马斯从提箱里拿出几本书，放到壁炉旁的书架上。

一个长得眉目清秀的女人，一边麻利地准备饭菜，一边对我说：“您的房间在阁楼上，可以看到半个村的风景呢。”

我爬上阁楼，发现我住的这幢房子正对着一条山沟，山沟中

的灌木林中间露出一些澡堂式的屋顶。山沟后面是果园和耕地，它们错落有致，一望无际，和远处的森林连成一片，很是壮观。

在一个澡堂式的屋顶上，站着一个穿蓝衣的农民，他一只手拿着斧头，另一只手遮着额头凝望着伏尔加河。

这就是农村的独特风味：牛车吱扭吱扭的响，牛累得喘着粗气，潺潺的溪水欢快地流淌着。我喜欢这一切。

这时，一个穿黑衣的老太太走出小木屋，对着木门发狠地说："这些该死的！"

两个顽皮的孩子正在用石块和泥给小溪打堰，听见老太太的叫喊，吓得一溜烟逃开了。

老太太从地上捡起一块木板，在上面吐口唾沫，扔到溪水里，不知是在进行什么仪式，然后她又用穿着靴子的脚把孩子的杰作捣毁，径直向伏尔加河走去。

这里就是我要生活的地方。我心潮起伏。

他们喊我下楼吃饭。楼下，伊佐尔特正坐在桌边，伸着长腿讲话，我一出现，他立刻打住不说了。

"你怎么不说下去了？继续说。"罗马斯眉头一皱说。

"实在没什么可说的了，全都说完了。总之，我们必须提高警惕，你出门得带枪，要不就带根木棒。和塔林诺夫说话要当心，他和库尔什金一个毛病，舌头比女人长。喂，我说小伙子，你喜不喜欢钓鱼？”

我老老实实地回答：“不喜欢。”

接着，罗马斯说必须把果农联合起来，以摆脱大收购商的把持。伊佐尔特听完后说：“村里的富农地主们不会让你过安生日子的。”

“走着瞧吧。”

“我敢肯定他们不会。”

我觉得伊佐尔特就像卡洛宁和斯拉托夫斯基在小说里描写的农民一样……我有种预感：是不是从现在开始，我要从事革命工作，要干大事业了？

饭后，伊佐尔特又叮嘱罗马斯：“安东罗夫，你别太心急，好事多磨，有些事得慢慢来。”

他走后，罗马斯若有所思地对我说：“他这人聪明能干又可靠。可惜是个半文盲，看书很吃力。不过他倒是很有上进心的，希望你在这方面多帮助他。”

罗马斯办事非常干脆。当天晚上，他就让我熟悉杂货店里各种货物的价格，然后对我说：“我们的货，价格要比本村的另外两个店便宜，他们当然很恼火，就对我造谣中伤，最近还扬言要教训我一顿。我来这儿不是图舒服或赚钱，而是为了别的原因。

就跟你们在城里开面包店的意思差不多……”

我说我猜个八九不离十。

“迫在眉睫……人民太需要获得知识来破除愚昧了，你说呢？”

我们关上门，在铺子里走来走去，猛地听到外面街上劈劈啪啪的脚步声，有人一会儿踩踩泥水，一会儿蹦上店铺的石阶狠狠地踏几下。

“听到了吗？有人在走动。他是米贡，是个专爱干坏事的穷光棍儿。您以后和他说话可要小心点。和其他人说话也一样要谨慎……”

接着，我们返回他的卧室，开始了严肃的谈话。罗马斯点起烟斗抽了几口，渐渐进入主题，他斟酌着语句，然后简捷明了地说，他知道我在荒废大好的青春。

“您很有才华，意志坚强，对未来满怀憧憬。您爱读书，这一点很好，但不要让书本把您和周围的人隔绝了。我记得有个什么名人说过：‘经验取之于自己。’这话说得好。人直接获得的经验虽然比间接获得的要痛苦、残忍，但这样得来的东西你会永生难忘。”

接着他又开始了老生常谈，有一些理论我早就听腻了，比如首先要唤醒农民……不过，在这些熟悉的语句中，我听到了更深刻、更新颖的思想。

“大学生们嘴上总挂着热爱人民，这不过是一句空话而已，我早就想对他们说：人民不能爱……”

他目光犀利，面带笑容，在屋子里踱来踱去，神采飞扬地说着：“爱，意味着宽容、同情、谅解、袒护。对女人可以这样，对人民则不行，难道我们可以袒护人民的愚昧无知吗？难道我们对他们的糊涂思想可以宽容吗？我们怎么可以同情他们下贱的行为？要我们对他们的粗野行径毫无原则地谅解吗？不行吧？”

“当然不行。”

“您看！你们城里人应该去做农民的工作，对他们说：农民兄弟们！你们这么好的人，为什么会过着这么悲惨的生活呀！你们甚至不如牲畜会照料自己，会保护自己，为什么不想想法子，让生活变得更加美好、更加愉快呢？农民并不意味着一无所能，那些贵族、神父，甚至沙皇，追根溯源，他们从前也是农民呀。你们知道该怎样做了吧？好了，热爱生活吧，谁也不能来作践你们的生活……”

罗马斯吩咐厨娘准备茶炊，接着让我看他的书架。嗬！书还真不少呀！大部分是自然科学类著作，还有本国人的一些作品：杜勃罗留波夫、车尔尼雪夫斯基、普希金、冈察洛夫、涅克拉索夫等大家之作。

他用宽大的手掌抚摸着他心爱的书，怜惜地小声低语："这全是好书。这本书很有价值，是禁书。你可以看看，从书中您可以了解到什么是国家。"

这本书是霍布斯的《巨兽》。

"这儿还有一本，也是讲国家的，不过比较容易读，有趣味。"他递给我一本马基雅维利的《君主论》。

我们喝茶的时候，他简单地讲了一下自己的经历：他父亲是个铁匠，他自己在基辅车站做过工人，也就是在那儿，他认识了一些革命者，后来他因组织工人学习小组而被捕入狱。蹲了两年牢房，又被流放了十年。

"那会儿，我在流放地已经完全绝望了，那儿的冬天真是冷透了，连脑子都冻僵了，当然了，在那儿有脑子也派不上用场。后来我惊喜地发现了一个俄罗斯人，接着又发现了一个，虽说不多，但总算有俄罗斯人了。好像上帝知道我太孤单，又专门派来一些人似的。他们都是非常非常好的人。

"我认识了一个大学生叫乌拉库米·柯罗年科，他现在也回来了，我和他曾经很要好，后来有了一些分歧，没能结成友谊，以后就分道扬镳了。这个人思想深刻，多才多艺，他还会画圣像，听说他现在混得不错，经常给书刊杂志撰写文章。"

罗马斯和我谈了很久很久，直到半夜，我明白他的心思，也感受到了他热切的友情。这一切对我来说是多么及时呀，自从我自杀未遂之后，心境糟透了，每天活着就像行尸走肉一样，我因为有过这段不光彩的历史，非常羞愧，觉得没脸见人，失去了生活的航向。

罗马斯准是了解我的心理，他细腻体贴地引导我打开生活的大门，给我展示美好的前程，给我光明、希望和继续活下去的勇气。

这是我生命中值得纪念的日子。

星期天，杂货店一开门，做完弥撒的村民们就来店里聚会了，第一个进来的是巴里诺夫，这个人浑身脏兮兮的，一头乱蓬蓬的头发，胳膊很长，不过很奇怪，他长着一双漂亮的女人般的眼睛。

他哼哼哈哈地打过招呼，就顺嘴问了一句："城里有什么消息吗？"

然后并不等人回答，他就转向库尔什金大叫："斯契潘，你那群该死的猫又吃了我一只公鸡。"

他飞快地掀动嘴唇，谎话就像流水一样自动往外流，说什么省长去彼得堡朝拜沙皇去了，他此行的目的是想请沙皇下令把鞑靼人迁到高加索和土耳其斯坦去。巴里诺夫极力夸赞省长

说:“他可是个聪明人。特会办事……”

“我打赌你说的没一句实话。”罗马斯平静地说。

“你? 为什么?”

“不知道……”

“哎哟,你怎么这样不相信人呀? 哎,我挺可怜这些鞑靼人的,到高加索他们肯定住不惯。”巴里诺夫有点儿不乐意地反驳了罗马斯一句,又叹息地说。

第二个出现的是一个瘦瘦的小个子,身上穿着一件像是捡来的哥萨克式破外衣,菜青色的脸奇怪地抽搐着,咧着黑嘴唇,左眼好像特别犀利,白眉毛因为伤痕被断成了两截,还不停地抖动着。

“哎呀,风光的米贡先生,昨天晚上又偷了点什么呀?”巴里诺夫嘲笑道。

“偷了你的钱。”米贡满不在乎地大声说,一边还向罗马斯脱帽致意。

这时,我们杂货铺的房东,也就是我们的邻居潘可夫,从院子里走出来,他还是那么衣冠楚楚,穿着一件短西服,系着红领带,脚上一双胶皮鞋,胸前戴着一条长长的银链,真有点儿像马的缰绳。他见了米贡就气不打一处来地叫着:“你这个老魔鬼,你敢再钻进我的菜园,看我不打断你的腿。”

“你不能来点儿新鲜的？老是这一套。”米贡不动声色地回答，然后又无可奈何地说道，“我看你不打人就没法活。”

潘可夫气得破口大骂，米贡不紧不慢又加了句：“你不能说我老呀，我才四十六……”

“可是去年圣诞节你就五十三啦。”巴里诺夫像发现新大陆似的尖叫道，“你自己说的你五十三了，现在怎么又说谎？”

接着出场的是一个神情严肃的络腮胡老头苏斯罗夫和渔民伊佐尔特。这样，小店里已经聚集了十几个人。罗马斯低头吸着烟，默默地听农民聊天，农民们有的坐在小铺台阶上，有的坐在店门口的长凳上。

这个季节，虽然天气仍然有些变化无常，但村中的风光已是十分迷人了。几片飘动的云彩在大地上的溪水和水洼间招招摇摇，形成变幻的云影，忽而明媚照人，忽而温柔可人，使人心情极为舒畅。

透过小店门口，我看着街上流动的风景：打扮得花枝招展的姑娘们，引人注目地经过这里奔向伏尔加河河岸，她们跨过水洼时撩起裙摆，露出她们笨重的靴子；小孩们扛着长长的渔竿煞有介事地从这里走过，跑到河边垂钓去了；一群老实巴交的农民走过这儿时，往店铺瞅瞅，毫无声息地摘一下头上的帽子。

米贡和库尔什金平心静气地分析着一个不大容易解答的问

题：商人和地主哪个心更狠？他们二人各执一词，库尔什金说是商人，米贡说是地主，两个人越争越火大，米贡洪亮的声音盖过了库尔什金不太利索的讲话。

“有一回，芬格洛夫他爸爸抓住了拿破仑的胡子，芬格洛夫闻讯赶到，揪起两个的后脖领子，打算把他们分开，谁知猛一用力，两人脑门碰脑门，完事大吉，全部都归天。”

“我相信你碰这么一下，也准玩完。”库尔什金赞同地说，接着又坚持自己的观点，“还有一点，商人可比地主胃口大多了……”

相貌堂堂的苏斯罗夫坐在台阶上抱怨说：“米哈依·安东罗夫，老百姓根本没法活了。以前给地主老爷们做活儿，事情排得满满的，根本没有闲工夫……”

“我看你最好送上一份请愿书，要求复辟农奴制得了。”伊佐尔特抢白道。面对这一切，罗马斯只是沉默着，他看了一眼伊佐尔特，然后在栏杆上磕了磕烟灰。

我一直等着罗马斯发言，所以就认真地听着农民闲谈。可罗马斯好像并没有说话的意思，一脸无动于衷的样子，坐在那儿出神地望着远方。

这时伏尔加河上的轮船发出震耳欲聋的吼声，河边飘来姑娘们清脆的歌声。一个醉汉东倒西歪地沿着街道往河边走去，一边呻吟一边打嗝，两只脚不听使唤地蹒跚着，不时地跌倒在水洼里。村民们的说话声渐渐地小下去了，大家都有些郁郁寡欢，我的情绪也低沉了下去。云彩愈积愈厚，这是风雨来临的前兆，农村生活的沉闷让我不禁留恋起都市生活来了，我想念城市里永无休止的喧闹和各种各样的声音，街上川流不息的人群以及工人们机灵的谈吐和丰富动人的语言。

晚上喝茶时，我问罗马斯要等到什么时候才和农民们谈话。

“谈什么？”

他听了我的想法后，认真地对我说：“要是我和他们在大街上讲这些事，准会再被流放……”

罗马斯装好烟斗，又把自己笼罩进烟雾中了，他开始分析农民的处境及心态：“农民胆小怕事，他们谁都怕，怕自个儿，怕邻居，最怕外地人。农奴制废除还不到三十年，那些四十岁以上的农民，生下来就是农奴身份，他们只记得这个，不明白什么叫自由。现在你简单地对他说，自由就是按自个儿的想法活着，可是他们会说，地方官老爷时时刻刻在干涉我们的生活，我们怎么能按自个儿的心愿生活呢？

“沙皇把他们从地主手中解放出来，自然他们的唯一主人就是沙皇。自由是什么东西，沙皇会颁布圣旨解释的。老百姓们信仰沙皇，他们打心眼里认为沙皇是全国土地和财富的唯一主人。他们甚至认为，既然沙皇可以把他们从地主那儿解放出来，

那么也就可以从商人手中夺回商店和轮船。他们骨子里是拥戴沙皇的，他们认为老爷多了不好，老爷只有一个才好。他们幻想有一天，沙皇会给他们解释什么是自由，到那时，他们想拿什么就拿什么，想要什么就要什么。为了这一天的到来，他们惶惶不可终日，忐忑不安地生活着，恐怕误了这个好日子。他们还有一种顾虑：想要拿的东西太多了，你怎么个拿法呢？

“话说回来，还有那些如狼似虎的地方官老爷呢，他们痛恨农民，甚至连沙皇也痛恨。可是没有地方长官也不成，因为到时候人们抢红了眼，会大打出手的。”

窗外已是春雨正浓，透过窗子望见满街的雨水和灰蒙蒙的水汽，我的心如天气般灰暗。罗马斯继续平静地低声说：“我们要做的就是唤醒农民，用知识赶走他们的愚昧，让他们认识到必须从沙皇手中夺取政权，告诉他们应该有权从自己人中间选举长官，选警察局长、选省长，一直到选沙皇……”

“这太漫长了，得用一百年。”我感到很泄气。

“难道您计划在圣诞节前革命成功吗？”他很严肃地说。

一天晚上，罗马斯不知道去什么地方了，大概十一点左右，我听到街上传来一声枪响，枪声很近。我急忙冲出大门，正看见罗马斯向店铺走来。他坦然地走着，不慌不忙地躲着街上的水洼。

“您怎么出来了？我开了一枪……”他见到我就说道。

“打谁呀？”

“有些人提着棍子向我冲过来，我警告他们，他们不听。我只好朝天开了一枪，吓唬他们的，我不伤人……”他在门廊下脱了外衣，拧了拧湿漉漉的大胡子，喘起气来像匹马似的。

“我这双破鞋子穿出洞来了，该换一双了。您会不会擦手枪？帮忙给擦擦，要不会生锈了……”

我真佩服他那种神态自若、坚定沉着的样子。他走进卧室，一边梳理胡须一边警告我说：“您去村里可得小心点儿。尤其是节日或星期天，晚上更危险，他们肯定也会打您。不过，您出门别带棍子，这会刺激那些人的，再有，可能他们会认为您胆小。也许没那么恐怖，您别怕。他们才是胆小鬼呢……”

慢慢的，我适应并喜欢上这里的生活了。我专心地读那些自然科学类书籍，罗马斯时常在一旁指点我：“我看最好您先弄懂这个，这儿蕴藏着人类绝顶的智慧。”

伊佐尔特每周有三个晚上到我这儿来，我教他识字。开始他对我不大信任，经常露出轻蔑的微笑，我给他上过几次课后，他才友好地说：“小伙子，你真行。你当正式教师都没问题了……”

有时，他还突发奇想：“看你的样子像是蛮有力气的，咱们比

试一下拉棍行吗?”

他从厨房找到一根棍子,我们两人坐在地板上,脚抵脚,尽力要把对方从地板上拉起来。我们较量了半天,谁也没把谁拉动。罗马斯在一旁快活地为我们助兴:“啊,好!加油!加油!”

最后,我输了。不过,我和伊佐尔特的关系一下拉近了。

“这没什么,你已经够棒了。”他安慰我说,“哎,可惜你不爱打鱼,要是你喜欢打鱼,咱俩就可以一块去伏尔加河了,伏尔加河的夜色比天堂还美。”

伊佐尔特学习热情很高,进步也很快,连他自个儿都有些吃惊。

有一回上课,他从书架上随便抽出一本书,使劲儿扬着眉毛,费力地念了两三行,然后有些羞涩地红着脸,兴奋地对我说:“嘿!真行!我能读书了。”

然后他又闭着眼睛背诵下面的诗句:

就像母亲呜咽在孩子的墓前,
一只山鸡在悲凉的旷野上哀鸣……

“你觉得如何?”他好几次十分小心地问我,“老弟!你能给我讲一讲这是怎么回事吗?这些简简单单的黑线,怎么就变成一句句话了呢？我也能读懂它们，是我自个儿常说的话。我是怎么弄懂的呢？谁也不曾在我耳边小声提示过啊？要是一张画，那么自然容易看懂啦，可是这儿好像把人们的心里话都给印在纸上了，你说奇不奇怪？”

我能够回答什么呢？我告诉他我也不知道，他听后，就苦恼起来了。

“这就像是魔术。”他说着，又惊叹地把书页对着灯光看了又看。

他像孩子那样天真纯洁，我越看越觉得他很像许多小说中描写的那种可爱的农民。伊佐尔特富有诗情画意，纯洁浪漫，热爱大自然，充满理想。

有一次他仰头望着天空，深情而天真地问：“罗马斯曾经说过星球上可能有我们的同类，你怎么看？你认为这是真的吗？我说应该给他们打个信号，了解一下他们的生活情况。也许他们生活得比我们好，更快活……”

其实，伊佐尔特对自己的生活非常知足。他是个孤儿，没有土地，无依无靠，以捕鱼为生，他非常喜欢捕鱼。不知怎么回事，他和农民们处得很不好，他警告我说：“别看他们表面上随和老实，实际上全是狡猾的家伙。千万别相信他们！他们刚才还和你要好，一会儿就变了卦，他们很自私，每个人就只顾自己，一点也不肯为公益事业牺牲。”

伊佐尔特的性格也有两面性，他原本性情温和，可是说起乡村里的土豪时他居然满腔仇恨："土豪为什么就该比农民富有？因为他们聪明吗？老百姓要是机灵点，就该牢记住这句话：团结就是力量。可是你瞧瞧，整个村子给他们搞得四分五裂，像一盘散沙似的。没办法，他们就会瞎胡闹，到头来自己害自己。你看，罗马斯为了他们累得筋疲力尽了……"

伊佐尔特长得很帅，是个美男子，又会讨女人的欢心。女人们也不让他安宁。

"我没办法，都是让女人们惯的。"他不好意思地自责着，"这对那些丈夫来说实在是一种侮辱，换了我也会生气的。可是女人们又让人怜惜，她们就像是你的第二生命。她们过着怎样的日子呵。没有欢乐，没有温暖，过着牛马一样的生活。丈夫们没工夫爱她们，我却是个自由的人。许多女人结婚第一年就挨揍了，我承认在这方面我是有错的，因为我和她们有点太出格。我只有一点愿望：女人们呀，千万别再争风吃醋了，我会让你们都快乐。在我眼里，你们都惹人怜惜的……"

他有点难为情地笑了笑，接着说道："有一次我差点儿勾搭上一个官太太，她从城里到乡下别墅来。她长得真漂亮啊，脸蛋像牛奶一样白嫩嫩的，柔软的浅黄头发，浅蓝的眼睛。她买我的鱼，我一个劲儿盯着她看，她问我：'你干吗总看我？'我说：'您自己清楚。'她说：'那好吧，我晚上来你这儿。'到了晚上，她果真来了。可是蚊子太多，咬得她受不了，我们什么也没做成，她带着哭腔说：'受不了了，蚊子实在太厉害。'第二天，她的审判官丈夫到了。"他用伤心的责备口吻结束道，"这些官太太们太娇气了，一只蚊子就可以影响她们的生活……"

伊佐尔特对库尔什金评价很高："库尔什金真是热心肠的大好人呀。谁要是不爱他，那才没道理呢。当然了，他有时爱多嘴多舌，可是哪匹马身上没点儿杂毛呀。"

库尔什金是个没一寸土地的农民，他把仅有的房子租给了一个铁匠，自个儿却住进了澡堂，他的老婆是个爱喝酒的女佣，人长得小巧玲珑，健壮泼辣。库尔什金白天给潘可夫家做雇工，他的一大癖好就是说新闻，实在没有新闻可讲的时候，他就自个儿编各种奇闻，很有兴致地到处讲。

"米哈依·安东罗夫，你听说了吗？金可夫区的警官打算辞职去当修士。他说，我可再也不想干打骂农民的事啦，打够了。"

罗马斯严肃地说："他要真这么想，那全国当官的都该别干了。"

库尔什金一边抖掉头发上的麦秸、干草和鸡毛，一边说："依我看，不会全都走掉的，只有那些还有点良心的会走开。他们做

官当然会难过。罗马斯，你是不是不信良心？不过要是一个人没了良心，那他就是有天大的本事也活不下去！好了，好了，我再讲一个关于女人的故事吧……”

他讲的是一个绝顶聪明的女地主的故事。

“从前有一个最坏的女人，连省长都惊动了，并且屈尊到她的府上，语重心长地对她说：‘太太呀！你还是小心一点吧！你做的那些坏事，都传到彼得堡去了。’女地主盛情款待了省长大人，但是对于他的话，她却不放在心上，她说：‘上帝保佑您一路平安。我是江山易改，本性难移呀。’可是过了三年零一个月，她突然把农民都召集来，对他们宣布：‘我把我的全部土地都分给你们，再见吧！请大家宽恕我，我将……’”

“去当修女。”罗马斯接过话来。

库尔什金惊喜地望着罗马斯说：“没错，她去当女修道院的院长。这么说来，你听过这个故事？”

“从来没有。”

“那你是怎么知道的？”

“我就知道你要这么说。”

幻想家先生不满地嘀咕着：“你就是一点也不相信别人……”

库尔什金的故事大都有一个模式，凡是那些坏事做尽的人们，到最后都会幡然醒悟，他们不愿再做一些伤天害理的事，于是就远走高飞，音信皆无，而且通常的结局是：库尔什金把他们都送进了修道院。

他的思维相当活跃，经常有一些奇怪想法。比如有一次他眉头一皱脱口而出："咱们不该去压制鞑靼人，他们比咱们还强呢。"

大家都对他的话感到莫名其妙，因为他猛然抛出这一句话之前，我们正在讲怎样建起苹果合作社的事情，根本就没有提到鞑靼人。

而当罗马斯兴致勃勃地讲西伯利亚以及那儿富农的生活时，库尔什金又愁眉苦脸地一个人念叨几句："我想要是人们不去捕青鱼的话，两三年之后，青鱼就会多得把房子淹了。青鱼的繁殖力真强。"

全村的人都认为库尔什金是个没头脑的人，可是他那个脑袋瓜里的奇思怪想却能打动大家的心，把他们逗得捧腹大笑。他们专心听他胡说八道，就像是要从他编造的故事里得到点什么意外收获似的。

村里那些老实正经的人们管他叫"假大空"，只有他的雇主潘可夫对他有一个正确的评价："斯契潘是个谜……"

库尔什金也有勤劳善良的一面，他干活是个能手，里里外外什么都会做：箍桶、修炉、养蜂、做木工、饲养家禽等等，他样样都

拿手,虽说干起活儿来总是一副懒洋洋的样子,但每件事都做得挺出色。

他特别喜欢猫,在他的澡堂里养了有十来只,他把它们养得肥肥壮壮,喂它们吃乌鸦,训练它们捕食家禽,为此,他可得罪了不少人。

他的猫咬死母鸡和小鸡的事儿时有发生,家庭主妇们气急了就捉住猫打它一顿。所以在他的澡堂前经常会有恼怒的女人暴跳着尖声叫骂,不过库尔什金却毫不在乎地说:"傻娘儿们!猫本来就是这种天性,它捉东西比狗还强。等着瞧吧,我还要训练它们捕鸟,然后再生个几百只,把它们卖掉赚一笔钱,到时候把钱都给你们还不行吗?哎,你们这些傻娘儿们。"

库尔什金天资聪慧,早年读过一些书,可惜忘得差不多了,他也没心思再学习了。于是就靠着那点儿小聪明过活,他对罗马斯的话反应最快,并能准确地抓住要点。

晚上常来杂货铺的就是伊佐尔特、库尔什金、潘可夫这几个人,一来就坐到半夜才散去。他们听罗马斯讲国际形势、讲外国人的生活状况以及各国人民的革命运动。潘可夫最喜欢听法国大革命。

"这才是天翻地覆的革命,彻底改变原来的生活呢。"他憧憬地说。

下面我们来谈谈潘可夫吧：

他爸爸是富农，脖子上长了两个大瘤子，一双鼓得可怕的眼睛。说起来，潘可夫还是有点叛逆精神的。两年前他以“自由恋爱”的方式娶了伊佐尔特的侄女——一个孤女做老婆，独立门户，和父亲分开住了。

富农爸爸对自己儿子的叛逆行为非常愤怒，每次路过他这里，总要吐口唾沫以解心头之恨。

潘可夫把自己的房子租给罗马斯，并且在旁边开了一家小杂货铺，这下得罪了全村的富农们，富农们都仇恨他。潘可夫表面上不理会他们，但要是说起富农，他就露出轻蔑的神情，恶狠狠地嘲笑他们。

潘可夫一点也不想住在这里，他总是说：“要是我有一技之长，早就搬到城里去了……”

潘可夫体格匀称，又注重打扮，身上永远一尘不染，看上去十分体面。他是个多心眼、好猜疑的人。

“你为什么要干这种事情？是出于感情还是出于理智？”他不止一次这样问罗马斯。

“你认为呢？”

“还是你自己说吧。”

“我不知道。你说吧。”

两个人颠来倒去，最后潘可夫被逼无奈，只好亮出自己的观点："让我说，当然是出于理智最好。因为经过理智思考的事就可以办好，但是只一味地听从情感的支配就不同了。凭感情用事，容易铸成大错。比方说我如果凭感情用事，就去放把火烧了神父的家，让他别狗拿耗子多管闲事。"

说起神父，他因为干涉过潘可夫父子之间的矛盾，潘可夫对他怀恨在心。神父是一个长得像田鼠模样的凶老头。

在这方面，我对潘可夫也有点意见。记得我刚来这儿时，他对我极不友好，几乎有点敌视我，还摆出一副主人的样子对我呼来唤去，虽然他很快改变了态度，但我还是感觉他不信任我，对我有所保留。

有几天晚上的情景我一辈子都难以忘怀。在那间圆木墙壁的干净小屋里，窗板关得严严实实的，点着一盏灯，那个大脑门的罗马斯在灯下侃侃而谈："生活的目的就是让人类越来越远离禽兽……"三个聪明的农民神情专注地听着，他们的姿势各不相同：伊佐尔特像个雕塑般一动不动地坐在那儿，像是倾听着从远方传来的声音；库尔什金可没那么老实，他的身体一刻不停地转动着，像有蚊子在叮他的屁股；潘可夫则摸着胡须，静静地思考："那么说，还是需要把人分成几个阶级啰。"

潘可夫对库尔什金倒是蛮好的，从没有摆出主人对待雇工那种居高临下的姿态，他很欣赏这个雇工的荒诞故事。

我为此感到很欣慰。

每次夜谈之后，我回到阁楼上，打开窗子坐下来，凝望着沉寂的村庄。星星穿过重重的夜雾，闪烁着微弱的光。它们离我很远，离地面却很近。

我的心被大地无边的寂静压得紧缩起来，心灵的野马却开始驰骋在无边无际的远方，我感觉在广大的土地上，有着数不清的和我的村庄一样的村庄，它们一声不响地紧贴在辽阔的大地上，甚至连它无边的寂静也都一样。

我的心情忽而悲壮，忽而忧伤，情绪起起伏伏，温暖的夜雾吞没了我，我感到疲倦不堪，感到一种莫名的恐慌，我是多么的渺小呀……

这里的乡村生活使我觉得很不愉快。

从别人那儿听到的，从书本看到的，都这样说：农村人要比城里人更健康更诚实。但是我所看到的却是另一番景象：他们总有干不完的苦力活，有很多人累得精疲力竭，身体很不健康，几乎没有一点儿欢乐。住在城市里的工匠或工人，虽然他们的工作也很辛苦，但是过得比较快活，不像农村人那样终日在抱怨生活。其实我觉得农民的生活并不简单，他们既要干农活，又要小心处理邻里和同村人之间的关系，我甚至觉得他们过得很不

称心。

我看红景村的农民现在就是这样生活的,他们整日惴惴不安,提心吊胆,互相猜疑。

更让我想不通的是,他们为什么这样不喜欢罗马斯、潘可夫以及我们这些人呢? 为什么他们这么痛恨我们? 我们只不过是想让他们生活得更好一些。

这样一比较,我就觉得城里人可爱多了,他们明白事理,追求理性,有远大理想或目标。这种时候,我常常想起两个人来,他们是钟表技师弗·卡洛根和兹·涅比。

弗·卡洛根的脑袋上长着一个大肉瘤,工作时一只眼睛戴着放大镜,他身体很健壮,圆脸上总含着微笑,手里捏着小镊子在钟表机器中拨来拨去,高兴了就唱唱歌。

兹·涅比坐在他对面,他一头卷发,黑黑的脸上长着一只很特别的鹰钩鼻子,一双铜铃般的大眼睛和一小撮胡子,他骨瘦如柴,正忙着拆修一件精致的小机器,有时突然会来一段男低音:"特拉—达姆,达姆。"

他们俩背后乱七八糟地堆满了收音机、机器、八音盒、地球仪等,货架上的东西全是金属的,房间里四面墙上都挂满了钟。

多好哇。

我太喜欢这一切了,真想整天看着这两个人是怎样工作的,可惜我长得太高大了，遮住了他们的光线，他们凶着脸朝我看了看，挥手赶我走开。我离开时，仍然恋恋不舍地想："一个人如果什么事情都会做，该多么幸福呀。"

我就是钦佩他们这种人，他们会修理各种器具，没有什么是他们不会修的，这才是人才呢。

可是乡村里就不是这样，我不喜欢这儿，也不理解村民们的生活：女人们见了面就谈自个儿的疾病和生活的艰辛，她们说什么"心发慌"，外加"小肚子痛"，逢年过节，她们或坐在自家门口，或坐在伏尔加河河岸，大谈特谈疾病和困苦。她们脾气暴躁，一点也不温柔，经常彼此破口大骂。有时为了区区一个破壶就可以引起几家人的械斗，打断胳膊、打破头的事件早已司空见惯了。

更让人难堪的是，农村小伙对姑娘们动手动脚，毫无礼貌，他们在田地里抓住几个姑娘，会掀起她们的裙子包住她的头，再用椴树皮牢牢扎住。这些姑娘们裸露着下半身，虽然不停地叫骂着，但看得出来，她们并不反感这种游戏，好像还挺惬意似的。

更有甚者，他们在教堂里也敢为所欲为。晚祷时，年轻小伙子悄悄从后面去捏姑娘们的屁股，仿佛这才是他们来教堂的目的。为此，神父还特意训诫道："你们这群畜生！不能另选个地方去胡闹吗？"

“这儿的人对宗教不像乌克兰人那么虔诚。”罗马斯解释道，“我看他们所谓信上帝，不过是寻求一种依靠或保护，是最低层次上的教民，那种虔诚教徒所拥有的对上帝毫无保留的爱，以及对上帝美德和权威的崇拜，在这些人心中根本就没存在过。不过，话说回来，这不见得是坏事，因为这样一来他们就可以比较容易地走出宗教。请记住，宗教是一种毒害。”

村里的小伙子们还爱说大话，不过骨子里他们却是一群窝囊废。他们和我晚上在街上遇到过三次了，他们想打我，可是没有打成，不过有一回我不幸被他们的棍子打中了腿。我根本没把它当回事，就没跟罗马斯说。不过后来他看到我走路有点跛，就猜出是怎么回事了。

“哎，您还是让他们打了。我早就警告过您要当心。”

我没有听从罗马斯夜里不要散步的建议，经常顺着房后的菜园溜达到伏尔加河边上去，坐在柳树下，望着渐渐变黑的夜幕笼罩下的对岸的草原。太阳最后的一抹金黄色不遗余力地倾满伏尔加河，河水缓缓地流淌着，月亮惨白着脸反射着太阳的光芒。

我一直不喜欢月亮，月亮会引起我的无限哀思，它是不祥之兆，看到它我就想放声大哭。后来我知道月亮本身不发光，因为它上面根本就没有生命存在。我特别高兴知道这事儿，以前我一直幻想月亮是有生命的星球，在月亮上一切都是铜的，包括动植物，人自然也不例外。我设想他们的躯体是由三角形构成，都长着两条圆规般细长的腿，走起路来轰轰直响，它们对地球上的人们造成严重的威胁。知道月亮上没有生命，这真是太好了！不过我心中还藏着一个秘密心愿，那就是希望月亮生光发热，普照人间。

我喜欢在寂静的黑夜坐在伏尔加河岸边沉思。河水缓缓地流动，像一条蜿蜒曲折闪闪烁烁的亮带，从黑暗中流来，又流向黑暗了。

到这个时候，我的思想才真正变得活跃，白天纷乱的思绪都被赶走了，那些用语言难以表达的想法纷纷涌现。

伏尔加河从来不会寂静。有时，我看到轮船飘浮在漆黑的河面上，船尾不时发出涓涓水流声，就像一只怪鸟在抖动沉重的翅膀。有时，河对岸会闪烁着一片灯火，在水面上反射出美丽的光芒，这是渔民在点燃篝火捕鱼。这景象，就像一颗流星坠入河中溅起无数朵巨大的火花一样。

过去从书上读到的东西，此时变成一幅幅美丽的画卷，我的心灵仿佛正在经历一场美妙无比的漫游，任由飘动的夜气带着我驶向远方。

伊佐尔特找我来了，夜色中的他显得更魁梧了。

“你又跑这儿来了?”他问了一句,就在我边上坐下来,静静凝视着伏尔加河和幽远的天空,手中抚弄着漂亮的金黄色胡须。

过了很久,他终于说话了,对我讲着他的梦想:

“等以后我学好了,读了许许多多的书以后,我就沿着全国的江河游历,好好看看所有的一切。我还要教育别人。老弟,你知道吗?能把心里话痛痛快快地说出来真是件乐事。有时跟娘儿们说说,她们也能听明白。前不久,我碰到一个娘儿们,她坐在我的船上问我:‘人死之后怎么样呢?我就不信什么天堂和地狱。’你看她们不是也……”

他挖空心思寻找一个合适的字眼,最后说:“有思想吗……”

伊佐尔特习惯过夜生活,他有很敏锐的审美力。他像个富于幻想的孩子一样,擅长用平和的词句来谈论美的事物。

他信奉上帝,但不是出于恐惧,他依照教堂里的画像,把上帝想象成一个高高大大的俊美老人,仁慈、智慧的创世主。上帝之所以没有能够惩尽邪恶,那是因为“他太忙了,人世间每天都有许许多多的新生命降临。铲除邪恶不过是早早晚晚的事,不信就等着瞧”。

“有一点我不太理解,干吗要弄出个什么耶稣来,我真想象不出他有多大用,一个上帝就足够了。上帝的儿子算什么事,我觉得上帝是永生的……”

伊佐尔特一直沉默着想心事，偶尔才叹息一声说：“噢！是这样……”

“你说什么呢？”

“没说什么，我自言自语呢……”

他又抬起头遥望黑色的风景，长叹一声：“生活是多么美好呀。”

我十分赞同地附和道：“是啊，很美好。”

我们就这样肩并肩地静坐在伏尔加河旁，任时光匆匆流逝，从黑夜一直坐到黎明。

在夜幕下，伏尔加河如黑色丝绒带般奔流着，与天空上的银河带遥相呼应，几颗大星星发出璀璨的光芒，在这个神秘幽远的夜色中，我们陷入了无限的遐想。

远处草原上的云朵露出粉红色的光辉，初升的太阳正展示着如孔雀开屏般的美丽。

“太阳真美妙呵。”伊佐尔特幸福地自言自语。

又到了苹果花开的时节，村里处处是一片片粉红色的云团，每个角落里都充满了微甜的香气，冲淡了以前那股特有的油烟味儿。

数不清的苹果树披着节日的盛装，从村里一直延伸到田间，

仿佛迎接什么盛大的节日。春风习习，微风掠过花海，花枝轻轻地摇曳着，发出阵阵声响，整个村庄沉浸在春日的幸福中。

白天，高空的云雀温柔地向大地献上美妙的歌喉。夜晚，美丽的夜莺不知疲倦地鸣唱着。

节日之夜，姑娘和少妇们倾巢出动，她们在大街上漫步，也像小鸟一样不停地歌唱，脸上露出醉人的微笑。

我们的伊佐尔特也在微笑，这些日子他瘦了，眼睛深陷，但是面容却更加清秀俊美了。过惯夜生活的他每天都是白天睡觉，到了傍晚才半梦半醒，神情恍惚地走上街头。

为此，库尔什金粗鲁而温和地嘲笑他。伊佐尔特总是面带愧色地笑笑说："嗨！别提了！有什么办法？"

然后他又兴奋地说："总的来说，生活真甜蜜！你们不知道生活是多么的温情脉脉。那些美妙的话语，让你至死都无法忘怀。要是人能死而复生，你会最先记起这些话。"

"你就等着吧。早晚有一天那些丈夫们会来揍你的。"罗马斯也友善地警告他。

"打吧，也该打。"伊佐尔特倒是很清醒。

村里每晚的必备节目之一就是米贡那优美动人的嘹亮歌声，他真是有歌唱的才华。他的歌声伴着夜莺的歌唱，飘荡在整个村庄和伏尔加河上空。

为此，村民们甚至饶恕了他白天所做的坏事。

每个周末晚上，我们的小店前总是聚着一群人，这已经成了不成文的规定了，每周必到的有苏斯罗夫、巴里诺夫、克洛托夫、米贡等人。他们坐下来一边交谈一边思考，一些人刚走开，另一些人又走了来，一般都要到半夜时分才散去。

有时这里也会来几个醉汉闹腾一番，最常来的是退伍兵可斯金，他闹得最凶，每次都是撸胳膊挽袖子的，像只好斗的公鸡。虽然他是个独眼，左手还缺了两根指头，但这并不影响他嘎嘎地大喊大叫："霍霍尔！这个混蛋！信土耳其人的教！我得问问你，为什么不去教堂？呵？为什么？你这个异教徒！坏家伙！你到底算哪种人？"

大家嘲笑退伍兵道："嗨，你干吗开枪打自个儿的手指头？是不是被土耳其人吓昏了头啊？"

可斯金气急败坏要冲过来，大家一齐动手揪住他，发一声喊，将可斯金推下山坡。可斯金一边脑瓜朝下滚下山坡，一边还一叠声地叫着："救命啊！出人命了……"等他满身泥土地从沟里爬上来，就要求霍霍尔送他一杯伏特加喝。

大家问道："为什么？"

"这还不简单吗？我给你们取乐了。"退伍兵回答，这句话惹得大家捧腹大笑。

第一次失火

一个星期天早上，厨娘点好炉子就去院子里干活了，我正在铺里看着，这时厨房里突然传来一声巨响，整个铺子被震得抖了一下，窗玻璃碎了一地，盛糖果的洋铁盒子也从货架上掉下来，一时间稀里哗啦、乒乒乓乓地响成了一片。

我急忙奔向厨房，只见厨房里浓烟滚滚，浓烟下好像有什么东西在哗哗地爆响，罗马斯抓住我的肩头说："您先别进去……"

厨娘吓得不知所措大哭起来。

"哎。蠢婆子……"

罗马斯一个人冲进厨房，咣当一声撞倒了什么，他怒气冲冲地咒骂了一句，然后向门外喊道："行了，别哭了。拿水来。"

我走进厨房，只见地板上摆了好多正在冒烟的劈柴，小块儿的上面还有火苗，炉砖有几块倒塌了，炉膛里显然已经清理过了，黑漆漆的什么也没有。

我在浓浓的烟雾中好不容易摸到水桶，浇灭地板上的火，就顺手把劈柴扔回炉膛了。

“小心。”罗马斯叮嘱我。

他让厨娘赶紧把店门关上，又扭头警告我：“小心点！可能还会爆炸呢……”他蹲下来，仔细查看那些劈柴，然后把我扔回去的一块抽出来。

“您在干什么？”我不解地问。

“哎。你看！”

他把那块被炸裂的圆木柴递给我，我一看，原来木柴里边已被挖空，这一爆炸把木柴边口都烧焦了。

“您明白了吧？这些狗杂种们居然往木柴里装火药。哼！混蛋！可惜这点火药的威力没那么大。”

他丢下木柴，把手洗了洗。

“幸亏厨房里没人，否则，后果就不堪设想了……”

硝烟渐渐散去，厨房里一片狼藉。

我真不明白这个时候罗马斯居然还能如此平静，看上去，他对这个险恶的阴谋似乎并不愤怒。

街上满是看热闹的小孩儿们，他们大呼小叫着：“霍霍尔家起火了！咱们村起火了！”

一个胆小的女人吓得大哭起来。厨娘惊骇地大喊道:“米哈依·安东罗夫,他们冲到铺子里来了。”

“哎。小声点。”罗马斯一边说着,一边用干毛巾擦干他的胡子。

卧室那边的窗口挤满了一双双惊恐愤怒的脸,他们眨巴着被烟熏痛的眼睛,争着往店铺里张望,不知是谁煽动性大声叫起来:“把他们赶出村去!老是出乱子!天哪,真是一群混蛋。”

一个红头发的小个子农民,在胸前划了一个十字,想从窗口爬进来,可是没能成功,连同他右手上的斧子一起跌下去了。

罗马斯手里拿着一块木柴,问他:“你想干什么?”

“呵,我想救火……”

“并没有着火呀……”

农民吃惊地张大嘴巴,走掉了。

罗马斯走出小铺门口,把手里的木柴给大家看了看,然后说:“不知你们中的哪一位在这根圆木柴里塞满了火药,塞到我家的柴火堆里。可惜火药不够多,所以什么也没有炸坏……”

我站在罗马斯身后,看着门前的人群,那个手握斧子的农民不安地说:“你干吗冲着我摇木柴啊?”

醉汉可斯金又赶来助兴:“把他赶走!这个异教徒!把他送到法院去……”

大部分人一言不发，眼巴巴地盯着罗马斯，半信半疑地听他继续说下去："想炸掉这座房子，这点火药可不够，大约得三十斤才成呢。好了，好了，大家回去吧……"

突然有人问："村长呢？"

"嗯，这事儿得找村警？"

人群慢慢地散去，好像还舍不得走开，没过够瘾似的。

我们坐下来喝茶时，厨娘阿克西尼娅比以往更加的周到和殷勤，她为每个人上了茶，并十分关切地对罗马斯说："您不去告他们，这等于纵容了他们，否则他们怎么敢这样胡作非为呢？"

"您一点儿也不为这事生气？"我也不解地问。

"我没有时间和精力为这些蠢事生气，还不如做点别的有意义的事情呢。"

我暗自佩服罗马斯这种无所畏惧的精神，的确，要是真能干点有意义的事情，该有多好啊。

罗马斯说他最近要去一趟喀山，问我要不要捎东西。

我觉得他就像一架机器，只要上好发条，就会永远地运转下去。

我十分敬重他，欣赏他，可私下里我总是希望他对什么人发发脾气，甚至跳着脚骂大街也行。我知道这不可能。每次遇到

类似木柴事件这种无耻卑鄙的行为时，他最多就是眯起那对灰眼睛，说上几句严厉的话就算了。

举个例子吧。有一次他说苏斯罗夫："您这么大岁数了，怎么还昧着良心做事呢？"

苏斯罗夫老头的黄脸涨得通红，好像白胡子都变红了。

"您知道，这样做对您一点好处也没有，只会让您失去威信。"

苏斯罗夫低下头，表示同意："是啊，没有任何好处。"

事后，苏斯罗夫对伊佐尔特说起罗马斯："他可是个领导天才，要是让这样的人做官就好了……"

罗马斯很简洁地告诉我，他去喀山后我应该做什么事和怎么做，看来他早就把火药事件忘得一干二净了，就像记不得被蚊子叮咬过一样。

潘可夫跑来察看现场，皱着眉头问道："你们吓坏了吧？"

"哼！没什么可怕的。"

"这是一场斗争。"

"行了，喝茶吧。"

"我老婆还在家里等我呢。"

"你从哪儿来的？"

"渔场，伊佐尔特那儿。"

他转身离去。走过厨房时，又深思地重复了一句："这是一场斗争。"

潘可夫和罗马斯说话总是很简短，好像他们之间很有默契，不用多说就可以心领神会了。

我还记得有一回，罗马斯讲完伊凡雷帝时代的故事后，伊佐尔特说："这个沙皇真讨厌。"

"纯粹是个屠夫。"库尔什金冲口而出。

只有潘可夫异常坚定地认为："我真看不出他有什么过人之处，他杀掉大地主，让更多的小地主取而代之，还别出心裁地招来一批外国人，这一点太不聪明了。从某种意义上讲，小地主比大地主更可恶，譬如苍蝇和狼，狼可以用枪打死，可苍蝇就不行，它到处乱窜，比狼更讨厌。"

库尔什金提来一桶和好的泥，一面把炸坏了的砖砌好，一面说："这群坏蛋的好主意！别看他们连自个儿身上的虱子都捉不干净，可是杀起人来，哼，那您就瞧吧。对了，安东罗夫，你以后别一下子办回那么多货了，最好每次少运点，多运几次。不然的话，看吧，又要来放一把火了。现在你又有'特别任务'，可得小心意外之祸呀。"

所谓"特别任务"，就是我们前面提过的苹果合作社，这事触怒了村里的富农。罗马斯依靠潘可夫、苏斯罗夫和其他几个明

白人的协助，就快把这事办成了。许多农民对罗马斯的态度也转变过来，这从来杂货店的顾客增加了就可以看出来。苹果合作社得到了大多数村民的认可，就连巴里诺夫和米贡这些“没出息”的农民，也来为罗马斯呐喊助威了。

我越来越喜欢米贡了，尤其爱听他优美哀伤的歌声。他唱歌时十分投入，眼睛紧紧地闭着，那张愁苦的脸也不再抽搐了。他常常在没有月亮的无边夜色中，一展迷人的歌喉。

一天傍晚，他小声招呼我：“到伏尔加河上去吧。”

等我来到岸边时，见他一个人坐在船尾，两条乌黑的小罗圈腿悠悠地垂在黑色的河水中，正在修整已经禁用的捕鲟鱼的刺网，他小声嘟囔着：“地主老爷们欺负我，我还能忍受，谁让人家比你有钱有势呢？可是咱农民还窝里斗，我怎么能受得了呢？大家都是农民，还分什么高低贵贱？他们口袋里装的是卢布，我只有几个戈比，也就这一点差别了。”

只要一不唱歌，米贡的脸就会开始抖动，眉毛也一跳一跳的。他一边用手指头灵活地使用锉子锉刺钩，一边亲切地对我说：“我是小偷，没错，我是有点小毛病。可是你看看，哪个人不像强盗一样地活着呀，他们你吃我，我吃你。哎，没有办法。真的，我们这样的人是上帝讨厌，魔鬼喜欢。”

整个世界一片漆黑，黑黑的河水从我们身边缓缓流着，黑黑的云彩在河面上游动，夜色中，对岸的草原也淹没在一片黑暗之中了，只有波浪温柔地冲洗着河岸的沙子和我的一双赤脚，温情脉脉的河水呀，难道你要带我进入那无边的黑暗之中吗？

“人得活下去，不是吗？”米贡叹了一口气，说。

远处传来狗叫声，我好像做梦一样想着：“可是，难道就像米贡你这样的活着吗？”

伏尔加河寂静无边，给人的感觉有些阴森可怕，河面上那种温润的夜色好像无边无际。

“他们肯定会整死罗马斯，瞧着吧，你也会被他们弄死的。”米贡喃喃地说。他突然亮开歌喉，打破了夜的沉静——

想起当年妈妈深爱着我
她温柔地对我说
哎哟，我的宝贝，我的亚沙呀
快快长大吧……

他又习惯地闭上眼睛，说也奇怪，这样一来，歌声仿佛变得更优美更凄凉了，他手中活儿差不多要停下来了。

可是我不听妈妈的话

哎呀呀，我怎么不听……

这时有一种奇异的幻觉袭上我的心头，我感觉脚下的土地仿佛被永无休止的河水冲翻了，我身不由己地滑落到暗无天日的深潭里去了。

米贡的歌声戛然而止，就像刚才他猛地亮开嗓子一样。他默默地推船下水，坐上船，消失在沉沉夜色之中。

望着他远去的背影，我苦苦地思索着："这样的人，活着是为了什么？"

伊佐尔特之死

我的朋友可说是三教九流，什么人都有了，现在，就连巴里诺夫也成了我的好友。

他这个人毛病可多了，办事马虎，好吹牛，喜欢搬弄是非，整日游手好闲……总之，是一个地地道道的流浪汉。

他以前在莫斯科住过，一提起那段生活，他就直吐唾沫。

“莫斯科和地狱没什么两样，虽说教堂有一万四千零六座，但是那儿的人却全都是骗子。

“他们脏得浑身长疥，不信你就瞧吧，不管是商人、军人还是市民，每个人都是一路走一路抓痒痒。这就是莫斯科的城市特色。

“是的，他们有一个法宝叫‘大炮王’，炮筒粗极了！它是彼得大帝亲手铸造，专门用来轰打暴动的人的。

“你知道吗？老弟。大炮一响，一下子就结束了一千三百零八条人命。彼得大帝自个儿也吓坏了。他告诉大主教，以后封住这门魔鬼炮。此后大炮就被封了……”

“你全是胡扯。”我对他说。

巴里诺夫非常生气：“上帝呵！你这人怎么这样呀！这些事情是我从一个有学问的人那儿听来的，可是你竟然……”

他还去过基辅，到那儿朝拜。所以提起基辅，他又滔滔不绝起来：“基辅和我们村一样都建在山区，也有一条河，我记不得叫什么名字了，当然他们的河与我们的伏尔加河比起来，只能算是条小水沟罢了。

“说实话，城里简直乱极了。那儿的街道高高低低，弯弯曲曲，十分不整齐。

“市民吗？大部分是乌克兰人。他们喜欢胡说八道，从没有正经话。人也是脏兮兮的，蓬头散发。他们喜欢吃蛤蟆，那儿的蛤蟆都是特大号的，每个都有十来斤重。他们走路骑牛，耕田也用牛。他们那里的牛长得大极了，最小的也比我们这儿的大得多。

“那儿教堂最多，有五万七千个修道士，二百七十三个主教……怎么你不相信我？这全是我亲眼看到的，你在那儿住过吗？没有吧。这不得了！老弟，我这人就喜欢准确……”

巴里诺夫喜欢数字，他跟着我学会了加法和减法，可是没有耐心学习除法了。学习的时候，他总是很不耐烦地说："这么长的数谁会念呵。"

他不修边幅，衣衫褴褛，头发总是乱糟糟的。其实他的脸还长得不错，卷卷的可爱的小胡须，大海般碧蓝的双眸，看上去和库尔什金有点像。

巴里诺夫还有过一段特别的经历，曾经两次去里海捕鱼。他经常无限陶醉地叙述这段美妙无比的日子：

"老弟呀，没什么可以和大海相比。一到了大海面前，你就渺小得不值一提了。你一望见大海，就会忘掉自己了。

"海上的生活是多么美妙呀！各种各样的人都往海上跑，有一个修道院的院长也跑到海上来了，他居然会干活儿。还有一个厨娘，她以前是一个检察官的姘头，瞧这运气，别人想都不敢想呢。可她喜欢大海，居然和检察官分手了。

"无论是谁，只要看一眼海，就算把心交给海了。

"海和天一样广阔无边，任你自由飞翔，没有人会压制你，你可以为所欲为，无拘无束。

"我真想回到大海上，再也不要和这些讨厌的人们待在一起了……"

巴里诺夫像丧家狗一样在村里奔来奔去，人们都看不起他，

可是一听他讲故事，就像听米贡唱歌一样，人们都变得高兴起来。

听到高兴处，他们会说："真会瞎编。不过倒是挺有意思。"

巴里诺夫能把那些瞎编的故事说得跟真的一样，还广为流传，后来，就连最不轻信别人的潘可夫也信以为真了。有一回，他告诉罗马斯："听巴里诺夫说，书本上对伊凡雷帝的描写不够完整，有些事情都被省去了。伊凡雷帝本事可大着呢，他会七十二变，最爱变成老鹰的形象，所以后来人们为了纪念他，就在钱币上铸了一只鹰。"

有很多次我发现，越是虚构的荒诞故事，反而越吸引人，反倒是那些正经严肃地讲述人生哲理的故事备受冷落。

我把这个想法告诉了罗马斯，他笑着说："这只是暂时的。以后人们学会了思想，就会想到真理。什么巴里诺夫、库尔什金呀这些怪人，您应当理解他们。他们应该归为艺术家或作家。我想基督大概当初也是这样的怪人吧。所以我说，有些东西他们虚构得还不错呀……"

我接触过这么多人，却很少听到人们谈论上帝，只有苏斯罗夫老头还算敬畏上帝，他常常说："全是上帝的旨意。"

虽然这只是短短的七个字，但我还是从这句话里听出了弦外之音，那就是：万般无奈。

乡居生活开阔了我的眼界，我和这些人在一起相处得很好，也从他们每晚的闲谈中获取了不少知识。罗马斯认识问题相当深刻，他提出的每一个问题，就像一棵大树，深深扎根到人们的生活土壤里，到了生活土壤深处，又和另外一些古老大树的树根结合在一起，于是在大树的每个枝条上，结出了无数鲜艳的思想花朵。我感觉自己便是这沉甸甸的枝头成长起来的果实。我觉得自己在成长进步，也许是靠了书本中的丰富营养的滋润，我说起话来也充满自信了。罗马斯已经不止一次地夸奖我进步很快了。

我打心眼儿里感激他对我的赞美与鼓励。

除了这些熟客常来我们的小铺外，有时候还会有另一些人过来。

潘可夫就带他老婆来过，这个女人个子矮小，善良的脸上闪动着一双聪明灵秀的蓝眼睛，和潘可夫一样，也穿着城里人的时髦衣服。她一般都是安静地坐在房间角落里，紧闭双唇，很认真地听男人们谈话。可是隔不多久，她就会惊奇地张开嘴，瞪大眼睛。有时听到什么话说到了她的心坎上，她就会羞怯地笑起来。

潘可夫向罗马斯递个眼色，说："嗳，她听明白了。"

到我们这儿来的还有一些行动诡秘的不速之客。罗马斯带他们上我住的阁楼，一聊就是几个小时，还常常让他们留宿在阁

楼上，阿克西尼娅也总是殷勤地给他们送菜送水。当然除了我们俩，再没第三个外人知道这事。这个厨娘对罗马斯非常忠诚，对他崇拜得五体投地。

夜半时分，伊佐尔特和潘可夫划着船，把这些人神不知鬼不觉地送上过往的轮船，有时直接送到码头。而我则兴奋地跑上阁楼，目送着小船离去。

河水有时是漆黑一片，有时就像银色的波浪，这当然是看月色的了。为了引起轮船船长的注意，他们经常在小船上挂盏灯。呵！我的心怦怦直跳，仿佛自己也参加了这种伟大的秘密行动。

还有一件事需要提的，就是玛丽亚也到我们这儿来了，可是，她的眼睛再没有可以激起我痴迷的东西了。在我看来，她的眼睛和别的姑娘没什么不同了，虽然她美丽依旧。罗马斯正在热烈地追求她，她的脸上经常挂着幸福的笑容。罗马斯与她交谈时，态度虽然很平静，但是手捋胡子的次数更多了，目光也更加温情了。玛丽亚说话的声音还是那么轻柔，只是声音里洋溢着欢快，她穿着蓝色外衣，头上扎着天蓝色丝带，小嘴不停地哼着歌曲，用小手绢扇着她粉红色的脸。她那孩子般的两只手总也闲不住，总想抓住点儿什么才好。

也不知道怎么回事，她身上的某种东西又激起了我对她的反感，我尽量地少见她。

大约是七月中旬，伊佐尔特突然失踪了。传说是落水淹死了。两天之后，这个说法得到了证实：人们从七里之外发现了他的小船，小船泊在河对面青草丛生的岸上，船底及船舷都已碎了。

人们议论纷纷，一般认为是伊佐尔特在船上睡着了，小船顺流而下，和三只抛锚船相撞，造成了这一悲剧。

出事当天，罗马斯在喀山还没有回来。

晚上，库尔什金垂着头跑来我们店铺，坐在包装麻袋上，耷拉着脑袋沉默片刻，抽着烟问我："罗马斯啥时候回来？"

"我也说不清。"

他使劲用手掌搓他那张布满伤痕的脸，一边小声用肮话咒骂着，喉咙里发出骨头卡住似的怒吼声。

"你到底怎么了？"

他紧闭嘴唇，神情严肃。我发现他眼睛红红的，下巴在发抖，一时竟说不出话来。他这副样子真让我担心出了什么事。终于，他稍稍平静了一些，冲大街上看了看，断断续续地对我说："我和米贡去看了伊佐尔特的小船，很明显，船底是用斧子砍漏的，你明白我的意思了吗？伊佐尔特是被人杀死的！……"

库尔什金痛苦的样子看了就让人受不了，他欲哭无泪，喉咙里发出哽咽声。他不时地在胸口画十字，浑身颤抖。后来他猛

地跳起来，无比忧伤地走掉了。

第二天晚上，伊佐尔特事件真相大白。孩子们在河边洗澡时，在一只搁浅的破船底下发现了伊佐尔特的尸体。船的一端已经被水冲上了岸，伊佐尔特就挂在船尾下的舵板上。他脸向下，脑壳全空了，脑浆早就被水冲走了，他是被人从后面砍死的。伏尔加河的河水鼓荡着伊佐尔特的四肢，好像正努力要把他送上岸。

这一发现惊动了村民，二十多个富农站在河岸上，一个个阴沉着脸若有所思，其他人却还在地里没有回来呢。

面对这一惨剧，人们的表现各不相同。胆小怕事的村长提着手杖，甩开两条罗圈腿跑来跑去，嘴里念叨着："作孽呵！真是胆大妄为！全没有人性呵！"

他可能是因为伤心吧，使劲儿吸溜鼻子，用粉红色的衬衫袖子抹着鼻涕。

小杂货铺掌柜库兹米也流下了眼泪，他叉着脚，挺着大肚子，一会儿看看我，一会儿又看看库尔什金，麻子脸上露出一副悲惨的神情。

村长的胖儿媳妇坐在河岸的一块大石头上，凝望着河水发呆，颤抖的手画着十字。她张着嘴颤抖着，露出黄色的大牙。

小女孩和小男孩们嬉戏着，像一个个花球一样从山坡上往下飞奔。这时,刚从地里回来的农民们也陆陆续续往这儿赶过来了。

大家议论纷纷:“他就是个好惹是非的男人。”

“怎么把他搞成这样?”

“嗳!就像那个库尔什金,爱招惹是非……”

“平白无故的就把人给杀了……”

“伊佐尔特挺老实的……”

“老实?既然你们知道他很老实,干吗要打死他?你们这群王八蛋。”库尔什金发疯似的扑向人群。

突然,一个女人歇斯底里地大笑起来,这种疯狂的笑声,就像鞭子重重地抽在人们心上,农民们顿时乱成一团,互相推挤着,骂着,吼叫着。

库尔什金冲到那个杂货铺掌柜身边,照着他的麻子脸着实地来了一个嘴巴:“老畜生!找打!”

然后他挥动双拳,杀出一条生路,从纷乱的人群中冲出来,兴奋地大喊:“快走,要打架了。”

他早就被追上来的人群打了几拳,尽管被打得嘴里出血,脸上仍是一副得意的表情……

“你看见了吧?我给了库兹米一记耳光。”

我们听到混乱的人群中村长尖细的声音在喊:“呸!胡说!

你倒说说，我偏向过谁？你给我说。”

巴里诺夫跑过来，回头胆怯地望着躁动的人群，咕哝了一句：“我该离开这个地方了。”然后，他向山坡上走去。

正值炎热的夏季，傍晚的空气闷到了极点，简直喘不上气来。晚霞映射在丛林的叶子上，很远的地方传来打雷声。

望着伊佐尔特的尸体和他被水流冲得笔直的头发，我不禁回想起他特有的低哑声音和美妙动听的话语：“每个人身上都或多或少有一点孩子般的天真，无论是谁都一样，就说罗马斯吧，看上去像一个铁打的汉子，但有时他的心，却和孩子一样天真。”

我和库尔什金并肩走着，他激愤地说：“他们会把咱们都弄成这样的……妈的，这群混账王八蛋！”

过了两天，罗马斯深更半夜回来了，看上去他有什么高兴事，对人特别亲热。我领他走进屋，他热情地拍拍我的肩对我说：“你睡得太少了吧。”

“伊佐尔特被杀了。”

“你，你说什么？”

他的脸被这意外的噩耗扭曲得变形了，颧骨高耸起来，胡子在颤抖，好像一股股的细流往胸脯上淌。他连帽子都忘摘了，站在房间里，眯起眼直摇头。

“是谁干的？噢，自然是……”

他慢慢地走到窗户旁坐下，伸开两条长腿。

“我早就提醒过他……地方长官来过吗?”

“昨天，县里的警官来过了。”

“有什么结果？哎，不会有结果的。”他自问自答着。

我简单地讲述了一下事情经过。县里的警官例行公事，在库兹米那儿歇脚，把库尔什金给抓了起来，因为他打了掌柜一个嘴巴。

“是啊，还有什么好说的?”罗马斯喃喃地低语道。

我去厨房烧茶炊，我们边喝茶边谈，罗马斯开口了：“这种人真可怜！也可恨！他们常常干这样的蠢事，杀死为自己好的人。也就是说，他们惧怕好人。

“他们下这样的毒手，原因很简单，就像这儿的农民们常说的一句口头禅：‘不投脾气。’

“我还记得我在西伯利亚流放地遇到的一个犯人，他给我讲了这样一个故事：他是个贼，他们一伙共五人。有一次其中一个良心发现，建议大家：‘弟兄们！咱们干脆洗手不干了。这毕竟不是长久之计呀。’就为这句话，他们在他喝醉睡觉的时候把他勒死了。

“他好像很喜欢这个伙伴。他继续说：‘后来我又杀了其他三个同伴，但我一点也不惋惜，唯独对头一个至今仍然感到很歉

疚。他相当不错，又聪明又快乐，心地纯洁又善良。’

“我问他杀人动机是什么，是不是怕他告发大家？他居然动了气，说：‘他可不是那种人，为钱？无论为了什么，他都不会出卖我们的！原因很简单，就因为我们和他不投脾气了，我们有罪，他倒像个好人，让人心里怪不舒服的。’”

罗马斯在卧室里光着脚板走来走去，背着手，嘴里抽着烟。他轻声说道：“我有好多次碰到这样害怕正直人、害死好人的事情。他们对这些正派人一般有两种态度：一是陷害他，千方百计地想要消灭他；另一种是对他顶礼膜拜，崇拜得五体投地。不过后面一种态度是很少见的。

“至于向好人学习怎样生活？没门！他们才不肯，也不会学呢。”

他端起那一杯已经放冷的茶，接着说：“我估摸着他们是极不情愿改变自己的，你想想看：他们费尽心思才拥有现在的生活，他们已经过惯了。这时突然蹦出一个什么人来告诉他们：‘你们的生活是不合理的，是错误的。’‘什么？我们的生活是错误的？我们把所有的心血都倾注到这种生活里了，滚你的吧。少来对我们指手画脚。’愤怒的人们抡圆手臂，给好人一个耳光。

“可是他们怎么不想想，好人才说出了生活的真谛。他们是对的。把生活推向好的方面的就是这些人。”

他指指书架说:“特别是这些书。要是我会写书多好啊。当然了,我的思想太落后太迟钝了,我根本不配写。”

他双手抱头,胳膊支在桌子上,陷入了深深的痛苦中。

“伊佐尔特死得太惨了。”不知沉默了多长时间,他像想起什么似的说,“噢,咱们睡觉吧……”

我爬上阁楼,挨着窗子躺下。

天空猛然打了个闪,照亮了广阔的田野,月亮似乎也吓得战栗起来了。村里的狗狂吠着,幸亏有这叫声,否则我真以为自个儿生活在与世隔绝的孤岛上。

远处传来隆隆的雷鸣,一股闷热的气流从窗口闯进阁楼。

就着闪电的光线,我看见伊佐尔特的尸体躺在河岸的柳树下,他的脸色冷青,眼睛还像活着时一样明亮,吃惊的嘴巴隐在他金黄色的胡须里。

“哎!做人最重要的是仁慈和善良,所以我特别喜欢复活节,因为它就是个善良的节日。”

伊佐尔特的声音在我的耳畔回荡。他的腿已被伏尔加河的水冲洗得十分干净,炙热的太阳已晒干了他身上的蓝裤子,苍蝇围着他飞舞。

他的尸体已经开始腐烂了。

随着一阵咚咚咚的脚步声,罗马斯伏身钻进阁楼,坐在我的

床上，一只手捻着胡须。

"我来想告诉您，我快要结婚了。"

"女人到这儿来住，她受得了吗？……"

他注视着我，好像期待着我继续说点什么，可我却不知道该说什么好。

这时闪电一过，整个房间顿时被照亮了。

"我的未婚妻叫玛莎……"

我实在忍不住笑出了声，因为我从未料到会有人叫她玛莎。太有意思了。这么亲昵的称呼就连她的父兄也没有叫过呢。

"您笑什么？"

"噢，没什么。"

"您是不是觉得我们年龄相差太大了？"

"没有，没有。"

"她跟我说，您喜欢过她。"

"是的。曾经有点儿吧。但那已经过去了，现在她就要成为你的妻子了。"

"我想是吧。"他把手垂下来，小声说，"到我这个年纪就不像你们年轻人似的，我是全身心地投入进去了，根本就无法自拔。"

他终于抑制不住内心的喜悦，咧开嘴笑了："当初盖世英雄安东尼之所以败给屋大维，就是因为他迷恋的埃及女王仓皇而逃了，安东尼抛掉了自己的舰队，乘着自己的战船去追女王。你看，爱情的力量太不可思议了。”

罗马斯站起身，挺了挺身姿，好像是要反抗自己的意志似的，又说了一遍：“不管怎样，我要结婚了。”

“马上结婚？”

“秋天，等收完了苹果。我想那会是个非常好的季节。”

罗马斯低头走出阁楼，我重又躺下，心里想着，我最好在秋天之前离开这儿。他干吗要提安东尼呢？我一点也不喜欢这种故事。

第二次失火

早熟的苹果差不多可以摘了，今年是个好收成，树枝被果实压弯了腰，果园里弥漫着苹果香。对孩子们来说，这是段快乐时光，他们可以吃被虫咬过或被风吹落下的苹果。

八月初，罗马斯从喀山运回来满满一船的货物。

那天早上八点，罗马斯洗完澡，换好衣服，准备喝茶，嘴上还兴奋地说着："晚上行船真舒服呀……"

突然，他仰起鼻子使劲闻了闻，担心地问："怎么有股烧焦的味道?"

正说着呢，厨娘的哭喊声从院子里传了出来："着火了!"

我们冲出院子，只见我们小铺的库房正在燃烧，里面装的都是易燃品：煤油、柏油和食用油。

我们被眼前的灾祸惊呆了，阳光下，火舌正在无情地吞噬着货物。

阿克西尼娅提过一桶水来，罗马斯把水泼在着火的墙上，扔下水桶对我喊道："真糟糕！您快把油桶推出来吧！阿克西尼娅快点回到铺里去。"

我冲进去，把柏油桶滚出院子滚到街上，回来再滚煤油桶，这才发现塞子是打开的，地上已经洒了不少油了。我忙着找塞子，可是大火无情，库门已经被烧穿了，火苗一个劲向里面窜进来。

房子发出一阵阵爆裂声，我推着油桶到了街上。此时街上已经挤了不少妇女孩子，他们吓得又哭又叫。

罗马斯和阿克西尼娅正在搬运店铺里的货物，把它们放到山沟里安全的地方。

一个白发黑脸的老婆子在街上举着拳头尖声叫喊："哎呀呀！你们这群坏蛋！……"

等我再返回库房时，火势更加凶猛了，从房顶上垂下来的火舌像是火帘洞，墙栅栏烧得就剩个空架了，我被烟熏得透不过气来，根本睁不开眼睛。

我勉强把油桶推到了库房门口，可是油桶被门卡住了，怎么也推不动，从房顶上落下来一团团火星子，燎着了我的皮肤，痛得我大呼救命，罗马斯冲过来，拽着我的胳膊，把我拖到院子里。

“你快走开！要爆炸了……”

他自个儿返身奔向卧室，我紧跟其后，爬上阁楼去抢救我的书。我把书从窗口扔了出去，当我把帽盒也丢下去时，房子猛地震动了一下，我知道这是油桶爆炸了。

屋顶在燃烧，噼噼啪啪地爆响着，红红的火舌在窗外翻滚，直冲进窗口里来了。我急忙跑到楼梯口，这儿的烟更浓了，好多条紫色的火舌沿着楼梯往上爬，下面门道里好像有很多铁牙齿啃木头的声音。这条路已经封死了。到处是火，是烟，我被困住了，眼睛被烟熏得睁不开，喉咙里喘不上气来。

我呆立了几秒钟，这几秒钟，好像有几年那么长。

房子已经变成了火房子，万条火舌窜了进来。

我知道我完了，四周全是燃烧的火焰，虽然我用双手捂着眼，但还是痛得让人无法忍受。

求生的欲望驱使我采取了一个明智的选择：我抱着被子、枕头和一大捆菩提树皮，用罗马斯的皮外衣裹着脑袋，从窗口一跃而下……

等我在山沟上醒来时，只见罗马斯蹲在我身边大声呼唤我的名字，见我醒来，他大叫道：“您好点吗？”

我站起来，呆呆地看着飞舞的火花和快要烧成灰烬的房子，从窗口涌着一大股一大股的黑烟，房顶上的火花随风而动，像是飘扬的旗帜。

“嗳，问您呢，好点儿吗？”

罗马斯还在关切地叫喊着，焦虑的脸上满是汗水、泪水和黑烟，他无限怜惜和担心地望着我，我被他深厚的情谊感动了。

我的左脚有点疼，我躺下来告诉他：“左脚脱臼了。”

他轻柔地抚着我的脚，猛地用力一拽，我痛得差点昏过去，可是几分钟之后，奇迹出现了，我又能走路了。我狂喜地拐着脚，把抢救出来的货物运到澡堂去了。

罗马斯松了口气，嘴上衔着烟斗愉快地开腔了：“当时油桶一炸，我看见火苗直冲楼顶，就想您准完了，那时候火光冲天，整个房子顿时就成了火海，真没想到，您居然还活着。”

他又恢复了往常的镇静，把货物摆整齐，告诉一样狼狈不堪、满脸黑乎乎的阿克西尼娅：“您在这儿看着！我去救火……”

烟雾中飞动着许多白色的纸片，这可是我们的宝贝书啊……

到目前为止，这场大火已经毁了四栋房子，火势仍在蔓延，幸亏今天没什么风。

大火不慌不忙地左右开弓，慵懒地伸开红手臂，轻轻抓过栅栏和屋顶，向左向右开始掠夺和蚕食，屋顶的茅草很快被火吃光

了，栅栏眨眼工夫也不知去向。人们奔走嚎哭着，为自家的财物担心。

村里上上下下都在叫喊："水！水！水！"

水源在山坡下伏尔加河那儿，离这儿太远了。直到这时，我才深刻体会到什么叫做远水救不了近火。

罗马斯此时充分发挥自己的组织才能，他抓住这个人的肩膀，拽住那个人的领子，将乱得无头苍蝇似的村民集中起来，分成两个小组，然后镇定地指挥他们拆除栅栏和离火场近的小房子。

村民们顺从地听他的指挥，这样一来，大家就同心协力，共同与吞噬整排房和整条街的熊熊大火作战了。

我快乐地投入到这场异乎寻常的战斗之中，觉得从来没有像现在这样有劲。

在街道尽头，我看到村长和库兹米等一伙儿富农站在那里指指点点，谩骂着什么，没有一个人过来帮忙。

有的农民骑着马从田地里奔回来了，女人们见了他们就大声哭叫，孩子们吓得到处乱跑。

火势仍在蔓延，又有一家小房子烧着了，必须赶紧拆掉猪圈的一面栅栏，才可以阻止火势继续蔓延。

这时，栅栏上已经落下点点火星了。

救火小组的农民砍倒栅栏时，火花落到他们身上，他们吓得夺路而逃。

罗马斯鼓励大家不要怕，但这种话不起作用。他果断地掀掉一个农民的帽子扣在我头上说："您去那头，我在这头，一起砍。"

我挥动斧子，把一根又一根的桩子砍倒，栅栏开始活动了，我急忙爬上去，攀到最高处，罗马斯协助我，用力往下拽我的双腿，轰隆！栅栏倒下了，差点砸到我的头上。

农民拥上来，一起把栅栏抬到街上去了。

"你受伤了吗？"罗马斯关切地问我。

他越是这样关怀我，我越是觉得自己有无穷的力量和智慧。我真想在他面前施展一下才智，所以无论什么事，我都竭尽全力去做，唯一的目的，就是得到他的赞扬。

我们心爱的书在天空飞散，像天女散花般在浓烟中起舞。

右边的火势暂时得到控制，左边的火却还在凶猛地吞噬着农家庄院，已经烧到第十家了。

罗马斯留下几个人监视右边的火情，领着其他人急忙往左边跑去。我们经过那群富农身边时，我听到有人恶毒地叫着："一定是他们放的火。"

库兹米说："应该去搜查一下他们的澡堂。"

这些话，很不愉快地落在我的心里。

大家都知道，一种鼓励，尤其是快乐的鼓励，会使人增强力量。我这时也被罗马斯深厚的友谊所鼓舞，我拼命地干着，根本顾不上休息。我的衬衣一定是着火了，后背火辣辣的，罗马斯往我身上泼了一桶水。农民们围着我，敬佩地低声说："这孩子真棒。"

"他没问题，一定挺得住……"

火终于被扑灭了。我把头靠在罗马斯的腿上，没出息地哭起来，他亲热地抚弄着我湿润的头发说："好好休息休息吧，你太辛苦了。"

库尔什金和巴里诺夫这两个人被烟熏成了大黑脸，他们带着我到了山沟里，劝慰我："兄弟！别怕！没事了。"

"你受惊了吧？"

可是就当我想躺下休息一会儿时，意想不到的事情发生了——

村长率领那群富农们直奔澡堂，最后面是两个甲长，架着罗马斯的胳膊走。罗马斯光着脑袋，脸色铁青得可怕，衬衫袖子已经被扯断了。

退伍兵可斯金挥动手杖疯狂地叫喊："把这个异教徒丢到火里去。"

“打开澡堂门……”

“有种你们自己砸!”罗马斯大声说。

我跳起来,拿起一根棍子,站在罗马斯身旁。两个架着他的甲长吓得直往后退,村长也战战兢兢地尖叫:“信正教的人都不准砸。”

库兹米用手指着我喊:“还有这个家伙……他是什么人?从哪儿来的?”

“沉住气!”罗马斯对我说,“他们以为我把货物藏在澡堂里,然后自己放火烧了店铺。”

“就是你们两个放的火,你们这两个纵火犯!”

“砸锁看看吧。”

“我们信正教的……”

“俺们是好汉,好汉做事好汉当。”

“我们负责……”

罗马斯小声对我说:“我们背靠背站着!以防他们从后面袭击!……”

澡堂的门还是被砸开了,那伙人一拥而入,又立即钻了出来。在这当口,我把棍子塞给罗马斯,自己又抓起一根。

“什么东西也没有啊……”

“什么都没有?”

“这几个滑头。”

有一个胆怯的声音说着：“也许是弄错了……”

这人话还没来得及说完，就被几个野蛮的声音截住了：“什么弄错了？”

“快！把他们扔到火里烧死！”

“这群捣乱鬼！……”

“他们暗地里组织什么合作社！”

“这群小偷！”

“住口！”罗马斯被他们的叫骂声激怒了，“你们听着！澡堂你们已经看过了，什么也没有，你们还有什么话说？我的货就剩这点儿，其余全都烧了，我总不至于烧我自己的财产吧？”

“他保了火险。”

这句话如火上浇油，于是又有十来个大喉咙狂暴地咆哮起来：“傻站着干什么呀？”

“我们已经受够了……”

我已经没有力气了，眼发昏，腿发颤，红色的烟雾下，这群人龇牙咧嘴的凶狠嘴脸显得无比狰狞，我真想冲过去把他们痛打一顿。

愚昧的人群将我们团团围住，他们跳着脚怒喊：“看呵！他们拿着棍子呢！”

“什么？棍子？”

“看来，他们真的要来拔我的胡子了。唉，跟着我您也要倒霉了，千万要冷静，冷静……”罗马斯苦笑着说。

“大家看呀！这小子还带着斧子呢！”有人战战兢兢地提醒道。

我救火时砍木桩用的斧子，忘记从腰间取下了。

“看上去他们有点害怕了，如果他们冲上来……千万别用斧子。”罗马斯叮嘱我。

这时一个矮小的跛脚农民跑来跑去，疯狂地叫喊着：“用砖头远远地砸他们！我来带头！”

他捡起一块砖头冲我砸来，我还没还手呢，库尔什金早就像只老鹰似的扑向他，他们扭在一起滚下了山沟。

从库尔什金后面又冲过来潘可夫、铁匠等十多个人来助战，我们的力量一下子壮大了。

库兹米识趣地说：“米哈依·安东罗夫，我佩服你的胆识，不过你应该明白：大火把村民们吓疯了……”

“我们离开这儿！走！去河边的小饭馆。”罗马斯果断地说着，随手取下烟斗往裤袋里用力一塞，拄着差点儿成为武器的棍子，精疲力竭地向外面走去。

库兹米讨好似的和他并肩走着，嘴里不知讲些什么。罗马

斯望也不望地对他说:“滚吧!蠢货。”

我们走回杂货铺,这里已是一片灰烬,惨不忍睹。一堆木炭还没有熄灭。炉子和没有烧坏的烟囱还在冒着一股股青烟。

“可惜呀,我的书。”让罗马斯耿耿于怀的,还是他的书。

灾难过后,孩子们依然快活地做着游戏,到处是他们忙碌的小身影,他们把一块块烧焦的木头用棍子拨到街上的水坑里,木头发出嘶嘶的叫声,被熄灭了,冒出难闻的白烟。

遭受火灾的大人们则苦着脸,拾掇物什,计算灾祸损失,女人们痛苦地叫骂着,为了一两块烧焦的木炭争来夺去。

苹果园倒是躲开了这场火灾,只是叶子被火烤成了黄色,鲜红的苹果更加悦目了。

我们去河边洗了澡,到饭馆坐下,默默地喝茶。

“不管怎么说,苹果合作社我们是组织成功了。”罗马斯说。

这时,潘可夫心事重重地走进来,他今天特别的温和。

“老兄,你看我们该怎么办?”罗马斯问他。

潘可夫无可奈何地说:“我这栋房子的确是保过火险的。”

大家都惊呆了,面面相觑,好像不认识对方似的。

“罗马斯,你现在打算怎么办?”

“我得考虑一下。”

“你得离开这里。”

“我看看再说。”

“我倒有个计划，”潘可夫说，“咱们到外面谈吧。”

他出去的时候回过头对我说：“你挺勇敢。你可以在这里待下去，他们会怕你的……”

我一个人在饭馆待着没意思，就溜到河边，躺在树底下望着河水。

虽说已是日落西山，但还是很闷热。刚刚经历过的事情，就像图画一样浮现在我眼前。我的心被深深刺痛了，整个人都沉浸在悲愤之中。但没过多久，我就不知不觉地睡着了。

“嗨，你醒醒。”不知过了多久，我迷迷糊糊地听到有人喊我，并使劲摇晃我。“你是不是死了？快点儿醒醒。”

哎，原来是巴里诺夫。此时，河对岸的草原上已经升起一轮橙色的圆月。

“我说，快走吧。罗马斯急着找你呢。”

我们一前一后往回赶，他一路抱怨道：“你真不该乱找个地方倒头就睡，万一有人不小心或是干脆故意扔一个石头，你就完了！我的好兄弟！村民可狠毒呢！他们最爱记仇，除了仇恨，他们什么都不懂。”

河边的树丛晃动着，好像有什么人轻轻地走动。

“找着了吗?”是米贡的声音。

“找着了。”巴里诺夫回答。

罗马斯见我回来就动了气:“您为什么偏要去散步呢? 非得让他们揍你一顿是吗?”

后来大家都散去了,屋里只剩下了我和罗马斯两个。

他愁眉不展地小声说:“潘可夫的意思是您可以留下来,他可以开一个杂货铺。但我不想劝您留下。至于我呢,我已经把剩下的东西都卖给他了,我打算到弗亚特加去,等我站稳脚跟,就给您写信,您愿意去我那儿吗?”

“我得考虑考虑。”

“好吧。”

他躺在地板上,辗转了几回就睡着了。

我透过窗子遥望伏尔加河,橙色的月亮铺缀在河面上,让人想起那场火。一艘轮船的轮片鼓动着河水,发出隆隆的声响。船上的三盏桅灯闪闪烁烁,让人以为是天上的星辰。

“您是不是生农民的气了?”罗马斯梦呓似的说,“千万不要和他们生气。他们只是因为愚蠢罢了,愚蠢的另一种表现就是凶狠。”

他的话安慰不了我。那一张张粗野、残暴、恶狠狠、凶神恶煞般的嘴脸在我面前闪现,耳畔一直回想起那句让人伤心至极的话:“用砖头远远地砸他们。”

我没有那么好的涵养,我还没学会忘记不该记住的事情。

我有时也觉得奇怪,如果单单一个农民,他绝不是恶毒的,他们都是心地善良而没有文化的人。让一个农民像孩子似的天真地笑是件很容易的事,他们中的每个人,都非常爱听我讲那些伟大人物的丰功伟绩,讲那些追求理想和幸福的故事,他们特别喜欢听能够按照自己心愿轻松生活的故事。

可是一旦他们聚在一起,比如全村大会,或在河边小饭馆挤成灰乎乎一团的时候,他们身上的美德就奇怪地消失了。他们像神父似的虚伪,道貌岸然,见了有权有势的人就卑躬屈膝,溜须拍马,那副谄媚的样子真让人恶心。

有时他们又为了一点儿芝麻大的小事而大打出手,一副野蛮人的凶残模样。

更有甚者,他们根本没有道德和法制观念,昨天还顶礼膜拜这个教堂,今天生气了就不管三七二十一先拆了再说。

他们还有一种恶习:蔑视智慧。在这些农民中间也不乏多才多艺的诗人和讲故事的高手,可是他们得不到尊重和敬慕,只会被全村的人嘲笑和污辱。

无论如何我要离开这里,离开这群可恶的村民。

我和罗马斯分手那天,我向他道出了心中的苦闷。

“你下结论未免过早了吧。”罗马斯显然在指责我。

“我就是这样想的。”

“可它是错误的，是缺乏依据的。”

他耐心地开导了我半天，我却什么也听不进去。

“不要急着去谴责别人。谴责别人是极容易的事情，您大可不必学这些。我希望您能考虑得更周到更全面一些。请您别忘了：一切都会过去的，一切都会变好的。虽然过程很慢，但是很牢靠！您去各处走走看看，亲身去体验一下，千万不要垂头丧气。好朋友，再见了。”

我们的再见，却是十五年以后的事了。罗马斯因为民权派案件，罗马斯又被流放了十年，等他回来后，我们才再次相见。

记得当时罗马斯离开后，我的心异常沉重，像只丧家犬似的六神无主，后来我和巴里诺夫搭伙靠给各村的富农打工度日。白天我们打谷子，挖土豆，拾掇果园，晚上一起回巴里诺夫的澡堂睡觉。

“我的老弟，像你这样又高傲又孤独的性格，以后怎么生活呀？”一个滂沱的雨夜，巴里诺夫对我说，“咱们明天去海上吧，这回是真的，待在这儿挺没意思的，他们又讨厌咱们，说不定哪天咱们就遭了他们的毒手……”

巴里诺夫念叨过好几回这事了。他这阵子也是忧心忡忡的，两只猴子似的胳膊往下垂着，那双迷茫的眼睛真让人怜惜。

雨打在窗棂上，这应该是今年的最后一场暴雨了，不时有惨白的闪电划过天际。

“咱们明天就走，好吗？”

第二天，我们出发了。

新生活真的正在迎接我们吗？

……

新　生　活

我们两个穷光蛋买不起轮船票，只好请求一位好心的船长让我们坐上一只拖船，代价是我们给他们轮流值班。

秋夜在伏尔加河上远航，又满怀对未来生活的憧憬，我自然满怀喜悦。

今夜轮到我值班。我坐在船舵旁，掌舵的是个浑身长毛的大个子，他用手掌着舵，脚丫子在甲板上用力跺着，嘴里还不停地喘息着。

坐在船上猛一回头，你会看到伏尔加河如黑色丝绸般滑腻闪亮，一眼望不到边。河面上空的乌云滚来滚去，整个世界浸在一片黑暗之中，吞噬了大地和日月，驶向神秘不可知的地方。

世界如死一般沉寂。

那个大个子舵手，身穿破皮衣，头戴羊皮帽，像尊雕塑般屹然不动……

“请问您贵姓呀?”我想打破这无边的寂静。

“你问这干吗?”他无礼地回了我一句。

舵手看上去就像只大笨熊。他长得丑极了,脸上一层毛,眼睛小得像一条缝。他酒量特别大,一瓶伏特加一仰脖就喝光了,现在又啃上了苹果。

那天轮船起锚时,他一本正经地望一望落日,喃喃地说:“上帝保佑。”

这艘大轮船后面拖着四条船,满载着铁板、糖桶和木箱,准备运往波斯。

巴里诺夫又犯了老毛病,他先用脚踢踢大箱,再使劲儿嗅了嗅,估摸着说:“嗯,这运的准是步枪。是诺夫斯克厂出产的……”

大个子听见他的话,给他小肚子上来了一拳,威吓道:“你管什么闲事？是不是想挨揍了?”

巴里诺夫赶紧闭嘴。过了不久,他偷偷向我抱怨道:“我看你们说的什么人民呀,还不是有本事的就骑在人家脖子上,没本事的就被人家踩在脚下……”

拖船隐没在黑暗之中,只有桅灯照亮的高耸云端的桅尖依稀可见。

大个子舵手不太说话。船长让我来给他做助手,每次拐弯

时，他就注视着前面灯光的动向，低声对我说："嗳，稳点！"

我急忙全神贯注，转动舵柄。

"行了。"

他的话永远这么简单。除非必要，他绝不多说一句。

我重新坐在甲板上，几次想和他攀谈，但都失败了。每当我问他时，他就回答："你问这个干吗？"

谁也搞不清这个大个子在琢磨什么。船行驶到卡玛河和伏尔加河交汇处时，他遥望着北方，喃喃地说："混蛋。"

"你骂谁混蛋？"

沉默。死一般的沉寂。

汪汪汪的狗叫声打破了夜的沉寂，仿佛黑暗压抑下的幸存者在徒劳地垂死挣扎。

"那儿的狗最凶了。"大个子突然开口了。

"你说哪儿呀？"

"哪儿都一样。我们那儿的狗凶恶极了……"

"你是哪里人？"

"沃罗格达。"

他的话匣子一旦打开就收不住了，粗野的话一溜烟儿跑了出来："哎，跟你一起的是你叔叔吧？他可真笨，我叔叔可精明呢，还很有钱。他在西姆比尔斯克有个码头，还开着一家饭馆。"

他慢腾腾地说完这几句话，就用他那双小得不能再小的眼睛凝视着轮船上的桅灯。

“哎。稳住！……你看上去喝过点墨水吧？你知道法律是谁定的吗？”

我还没来得及回答呢，他又继续说道：“关于这件事，有各种各样的说法。有人说是沙皇定的，有人说是大主教定的，也有人说是元老院定的。我要知道是谁定的，我就去告诉他：最好法律定得严格点儿，哪怕是一举手一投足都不允许才好呢。最好是法律严格地约束着我，像铁链一样锁死我的心，那样我才能保证不犯法！可是现在，我没办法不去触犯它。”

他唠唠叨叨了半天，声音越来越小，最后都快听不见了。

有人从轮船上用传话筒喊话，声音有气无力的。几盏黄豆大小的桅灯在漆黑的夜色中显得十分耀眼，它们不遗余力地反射着微弱的光芒。

头顶上乌云滚滚，水、天、地连成一片混沌的黑暗。

舵手皱起眉头：“他们把我带到什么地方了？我的心都不跳了……”

我只有一种感受：孤独与凄寂。我的脑袋里空空的，只想倒下来睡觉。

乌云总算走出黑暗，天亮了。

又是一个雾蒙蒙的惨淡日子，隐没在黑暗中的景物依稀可见：河岸上的树林、农舍、农民的身影，构成了一幅黎明风景画。一只水鸥掀动翅膀飞了过去。

我和这个掌舵的交了班，就急不可耐地躲到帆布篷里睡觉去了。没多大工夫，我就被急促的脚步声和叫喊声从梦中惊醒了，我探出头，只见三个水手围着那个舵手叫着："彼得鲁！别这样！"好像不让他做什么。

"上帝会保佑你的！"

"算了吧！"

彼得鲁双手抱着肩膀，把包袱踩在脚下，他看了大伙一眼，继续粗声粗气地哀求着："别管我了。让我走吧。不然我会犯罪的。"

彼得鲁看上去已经做好了跳船离开的准备，他光着脚丫，穿着短裤，那双小眼睛里布满血丝，他哀求地望着大家。

"不行。你会淹死的。"

"淹死？不可能。哥儿们，让我走吧。否则我控制不住自己，我会杀了他。到了西姆比尔斯克就来不及了……"

"你不能这样。"

"我说兄弟们呀，求求你们，就放我走吧，我不想犯罪呀。"他分开双臂跪下了，双手贴着船板，一遍又一遍地请求着，"让我走吧，让我走吧，我不能犯罪。”

他那绝望的哀鸣中有一种震撼人心的东西，那张长满络腮胡子的脸也在发着抖。

人们默默地给他闪开一条路。

他站起身，抱起包裹，说了声：“谢谢。”然后奔向船舷，敏捷地跳入水中。

我跑到船舷边，目送他远去。彼得鲁头顶大包袱，像戴了一顶大帽子，向着河岸游去，那边岸上的树叶飞舞，像是欢迎他的到来。

船上的几个人说：“他终于战胜了自己。”

“他是不是疯了？”我问。

“当然没有。他是在拯救自己的灵魂……”

彼得鲁游到浅水的地方站住，回头挥动包袱向水手们告别。他们回应着：“再见……”

一个人担心地说：“他没身份证怎么办呀？”

我对彼得鲁的行动感到一头雾水，一个红发罗圈腿的水手告诉我他的故事：“彼得鲁的叔叔在西姆比尔斯克，他不但常常欺负他，还霸占了他的全部财产，他发誓要杀掉他叔叔。可是事到临头，他又心慈手软了，为了不致犯罪，他强迫自己离开了老家。彼得鲁看上去像个猛兽，心地却很善良，他真是个好人……”

这时，这个善良的人已经登上岸，消失在树林中了。

因为这个突发事件，我和水手们越谈越热乎，到了黄昏时分，我们已经成了好朋友了。

可是好景不长，第二天，我发现他们的脸色变了，全都用阴沉怀疑的眼光看着我，我立刻知道准是长舌头的巴里诺夫说了些什么。

“你说，你跟他们胡说什么了？”

他讨好似的用他女人般好看的眼睛望着我，有些不好意思地搔着后脑勺说：“嗯，是说了几句。”

“你真是。我早就警告过你不要乱讲的。”

“我开始没想讲。他们要打牌，可是牌被舵手拿走了，实在太无聊了。我灵机一动，解解闷儿不行吗……”

我仔仔细细问了半天，才弄清楚巴里诺夫信口开河说了些什么。他为了解闷，就编造了一个很有趣的故事，在故事的末尾，他说我和罗马斯就像古代的海盗维京人一样凶残，抡着斧子和一大群农民拼杀。

你根本就拿巴里诺夫没辙，生气也不管用。他有自己的理论，他的所谓真理都是虚幻的。记得有一次，我们去找活干，走累了在山沟口的田地上休息，他满怀信心地劝导我：“真理得靠自个儿想！你知道吗？看看这山沟里羊在吃草，牧羊狗和牧人不停地跑，这有什么意思！这根本无法填满我们饥渴的心灵！兄弟呀！这是个冷酷的世界，睁开眼睛看到的就不是善良人，现实就是如此！到哪儿去找善良的人呢？善良的人咱们还没有想出来呢。”

因为巴里诺夫的过失，我们到了西姆比尔斯克就被赶下了船。水手们拒绝道：“我们不是一路人。”

上了岸，我们数了数身上的钱，只有三十七戈比了。

还可以去吃顿茶。

“我们下一步怎么办？”在馆子里，我焦急地问道。

“那还有什么说的，当然是向前走了。”巴里诺夫坚定地说。

我们冒险偷偷搭上客船，来到了萨马拉。到那儿之后又在一只拖船上做帮工，七天七夜后，我们终于如愿以偿地来到了里海。

我们的旅程虽然尝到了一些艰辛和苦痛，但总的来说还比较顺利。

就这样，我们在这里的一处渔民合作社找到了工作，开始了新的生活。

“世界文学名著青少版”丛书

“世界文学名著青少版”丛书由台湾东方出版社股份有限公司授权，

上海九久读书人联合上海文艺出版社共同策划。

❖ 历险经典

1《汤姆 · 索亚历险记》
2《哈克贝利 · 费恩历险记》
3《格列佛游记》
4《十五少年漂流记》
5《金银岛》
6《小矮人火山历险记》
7《勇敢的船长》
8《珊瑚岛历险记》
9《横越撒哈拉》
10《鲁滨逊漂流记》
11《吹牛大王历险记》
12《海角一乐园》
13《伦敦塔》
14《庞贝的末日》
15《尼尔斯骑鹅旅行》
16《沙皇的密使》

❖ 动物文学经典

17《丛林奇谈（上）》
18《丛林奇谈（下）》
19《野性的呼唤》
20《白牙》
21《鹿苑长春》
22《灵犬莱西》
23《花颈鸽：一只信鸽的传奇》
24《牧牛马斯摩奇》

❖ 科幻经典

25《火星人入侵》
26《地心游记》
27《八十天环游地球》
28《海底两万里》

29《失落的世界》
30《飞天万能车》
31《杜利特医生航海记》
32《化身博士》
33《科学怪人》
34《永久粮食》
35《隐身新娘》
36《失去真面目的人》

❖ 励志经典

37《孤女寻亲记》
38《小公主》
39《安妮日记》
40《假如给我三天光明：海伦·凯勒传》
41《阳溪农庄的吕贝卡》
42《贝丝丫头》
43《快乐天使》
44《山月桂》
45《海蒂》
46《小公子》
47《苦儿流浪记》
48《远大前程》
49《王子与贫儿》
50《密西西比河上》
51《少年酋长》
52《侠盗罗宾汉》
53《酷哥潘诺》
54《航向光明》
55《银色溜冰鞋》
56《会飞的教室》
57《小妇人》
58《雾都孤儿》
59《悲惨世界》
60《绿山墙的安妮》
61《居里夫人的故事》
62《本和我：本杰明·富兰克林的传奇一生》

❖ 经典名著

63《爱的教育》
64《巴黎圣母院》
65《茶花女》
66《战争与和平》
67《基督山伯爵》
68《简·爱》
69《堂吉诃德》
70《日瓦戈医生》
71《傲慢与偏见》
72《罪与罚》
73《约翰·克利斯朵夫》
74《老人与海》
75《上尉的女儿》
76《歌剧魅影》
77《呼啸山庄》

78《双城记》
79《汤姆叔叔的小屋》
80《动物农庄》
81《所罗门王的宝藏》
82《白鲸》
83《国王与我》
84《大地》
85《红花侠》
86《人猿泰山》
87《圆桌骑士》
88《三剑客》
89《森林里的小木屋》
90《铁面人》
91《撒克逊劫后英雄传》
92《昆虫记》
93《泰戈尔经典诗集》
94《钢铁是怎样炼成的》*
95《莎士比亚戏剧故事集》
96《童年》
97《在人间》
98《我的大学》
99《克雷洛夫寓言》
100《伊索寓言》
101《拉封丹寓言》
102《人类的故事》
103《牛虻》
104《最后一课》
105《教育诗》
106《纯真年代》
107《好兵帅克历险记》
108《青年近卫军》*
109《卓娅和舒拉的故事》*
110《最后一片叶（欧·亨利短篇小说经典）》
111《羊脂球（莫泊桑中短篇小说经典）》
112《百万英镑（马克吐温中短篇小说经典）》
113《热爱生命（杰克·伦敦短篇小说经典）》

*“世界文学名著青少版”丛书增补了由大陆作者改写的三种苏联文学经典作品，台湾版丛书并未收入。这些作品曾影响了中国几代人，对现在的孩子也会产生深远的意义。作者在改写时，已淡化了政治色彩，专注于更具现实价值的内容。